KB070020

시의 쓸모

나를 사랑하게 하는 내 마음의 기술

시의 쓸모

나를 사랑하게 하는 내 마음의 기술

원재훈 지음

사무사책방
Flaneur

Der Vogel kämpft sich aus dem Ei.

Das Ei ist die Welt.

Wer geboren werden will, muß eine Welt zerstören.

Der Vogel fliegt zu Gott.

Der Gott heißt Abraxas.

새는 알에서 나오려고 투쟁한다.

알은 세계*이다. 태어나려는 자는 하나의 세계를 깨뜨려야 한다.

새는 신에게로 날아간다. 그 신의 이름은 아프락사스이다.

—— 헤르만 헤세

* '세계'는 바로 '나 자신'이다. 태어나려는 자는 나 자신을 부단히 깨뜨
  려야 한다. 그것이 나를 사랑하는 '마음의 기술'이다.

모든 기술 중에 최고의 기술은 마음의 기술이다.

모든 사랑 중에 최고의 사랑은 나를 사랑하는 것이다.

모든 사실 중에 가장 아픈 사실은

자신을 미워하면서도 자신을 사랑한다고 믿는 것이다.

프롤로그

마음이 아픕니다.
그 마음이 어디에 있습니까. 내가 한번 보고 싶습니다.

자동차 키가 없으면 시동을 걸 수 없듯이, 마음이 없으면 뭐
든 볼 일도 될 일도 없습니다. 그래서 병들고, 화나고, 아픈
것이 아닐까요? 수도승의 말처럼 그 마음이 어디에 있는지
아는 이가 없다고들 하지만, 그래도……. 그동안 살면서 이
렇게 저렇게 찾아다니다 보니 가끔 보이지 않던 마음을 손
에 쥔 듯한 느낌이 들기도 했습니다. 때론 그것이 시가 되기
도 했습니다. 그때 그 마음을 이 책에 담았습니다.

차례

Chap.2 언덕과 잠자리의 눈

Chap.3 사막과 푸른 지팡이

Chap.4 백조와 나비

Chap.5 용서와 사랑

괜찮지 않아도 괜찮아

낙첨된 복권을 찢어버리듯 오늘 하루도 갔다.

마음이 땀과 눈물로 젖어
아무리 축축해도
며칠만 지나면 다 마른단다
아무리 무겁게 젖어 있어도……, 볕이 있으니
얼마나 좋으냐
슬픔은 온종일 비에 젖어 축 처진 외투 같아서
신발 같아서
볕이 좋은 날,
잘 빨아서 널어놓으면
모든 게 좋아진단다.
비 오는 날이 있듯
햇볕 찬란한 날 또한 언제나 있지.

Chap. 1
물방울과 어머니

1. 물방울의 마음

온종일 빈 병에 떨어진 물 한 방울들,

저녁이 되니 '꽃밥'이 되는구나.

꽃을 키운 경험을 적었습니다. 친구가 선물로 준 화분 몇 개를 3년째 키우면서, 꽃에 물을 주는 일이 무엇보다 중요하다는 걸 깨달았지요. 물은 '꽃밥'이기 때문입니다. 꽃밥을 먹은 식물은 향기로운 꽃을 피우고 열매를 맺습니다. 식물이 물 한 방울을 완전히 소화하는 모습이 경이롭습니다. 식물에 따라 물을 주는 시기와 방법이 조금씩 다르다는 정도는 상식적인 일입니다. 선인장과 같은 방식으로 국화를 키울 수는 없습니다. 쉽고 간단한 일을 지키는 것이 의외로 힘들고 어렵다는 사실도 알게 됩니다. 그래서 베란다 수도꼭지 아래 물통을 두고 식물에 따라 물을 주는 습관이 생겼지요.

그러던 어느 날, 실수로 수도꼭지에 물방울이 떨어지는 걸 모르고 그냥 두었습니다. 다음 날 보니 그 밑에 있던 물통에 물이 가득 고여 있더군요. 물방울이 모여 바다가 된다는 말이 정말 맞구나 했어요. 문득 똑똑 떨어지는 물방울이 '시어' 같다는 생각에 미치게 됩니다. 꼭 시어가 아니더라도 문장을 쓸 때 단어는 떨어지는 물방울처럼 사용해야 합니다. 물방울이 꽃을 피우는 것처럼 단어가 사람을 살리고 죽이기도 합니다. 그런 단어가 모여 문장이 되고, 문장이 모여 단락이 되고, 단락이 모여 책이 됩니다. 마치 물에 젖은 씨앗에서 발아해 움트고 꽃이 맺히고 열매가 피어나는 모습과도 비슷합니다. 식물의 씨앗처럼 단어는 문장의 출발점이자 도착점입니다.

point

일상어와 시어는 서로 다른 것일까요? 물론 그런 경우도 있습니다. 일상적으로 잘 쓰지 않는 단어를 쓰기도 하고, 시인이 창의적인 단어를 만들기도 합니다. 김현승 시인은 「눈물」이라는 시에서 "나의 가장 나아종 지닌 것도 오직 이뿐"이라고 했습니다. '나아종'은 나중이라는 의미인데 이것을 오자로 보지는 않습니다. 이런 경우를 '시적 허용'이라고 하지요. 이 구절을 '내가 가장 나중에 지니는 것도'라고 한다면, 눈물처럼 떨어지는 시적 리듬이 사라져버립니다. 문장의 의미는 전달되지만, 시가 주는 맛이 없어요. 시는 맛이 있습니다. 그렇다고 이런 단어만 골라낸다고 해서 좋은 시가 되는 건 물론 아닙니다. 독특한 시어를 만드는 것보다는 평범한 단어들로 독특한 시를 만드는 거지요.

꽃에 물처럼, 일상적인 단어들이 시라는 꽃을 피워냅니다. "나보기가 역겨워 가실 때에는"부터 "사랑이라는 게 지겨울 때가 있지"라는 가요의 가사처럼 시는 가장 일상적인 단어를 쓰면서 듣는 이에게는 감동적인 공간에 머물게 합니다. 감동은 창의적인 공간에서 탄생하는데, 그 공간을 시와 같은 작품이 만들어줍니다.

꽃과 물, 시어와 시의 관계를 살피면 인간의 문제를 생각하게 됩니다. 선하고 좋은 사람은 일상적인 단어처럼 평범합니다. 그러면서도 그만의 남다른 향기와 독특한 개성이 있지요. 시어는 그런 겁니다. 우리가 사는 동안에 좋은 사람을 만나고자 애쓰는 것처럼, 시에서는 선하고 좋은 단어 그러나 무엇인가 개성적인 단어를 골라내고 쓰는 겁니다. 물론 어떤 경우에는 독하고 악한 단어를 골라 쓰기도 합니다. 이것은 의도된 행동입니다. 그 시어들은 다른 시어들과 결합해 독특하고 선한 친화력을 갖게 됩니다. 꽃에 물을 주면서 생각합니다. 꽃들은 모두가 제각기 달리 아름다우면서 무리져서 한꺼번에 또 아름답지요. 시인은 시를 통해 당신다운 당신을 좋은 사람이라고 말합니다. 시인의 마음은 세상의 '작은' 것들을 사랑하듯 '나와 다른' 당신을 좋아하고, 나 자신의 '못난' 점까지도 사랑하듯 '나와 다른' 당신을 배려합니다. 우리 모두 저마다의 삶에 어울리는 꽃을 피우는 것처럼, 서로가 서로의 차이를 존중하는 —— 내 삶을 존중하듯 상대의 다른 삶을 존중하는 —— 그 마음이 시를 짓게 합니다.

2. 깨진 그릇의 마음

어느 날 설거지를 하다가 그릇을 깨트린 적이 있습니다. 바닥에 떨어진 유리그릇이 깨지자 나도 모르게 화들짝 놀라 뒤로 물러났습니다. 순간적으로 그것과 거리를 두게 됩니다. 놀란 마음이 진정되자, 깨진 그릇 파편 중에서 하나를 들고 자세히 바라봅니다. 날카로운 사면에 햇살이 부딪쳐 '쨍' 하는 울림이 느껴집니다.

산산히 깨진 그릇이 바로, 만약 나의 마음이라면……, 얼마나 무서울까요? 지금 내 곁에는 마음이 깨진 사람들이 또 얼마나 많을까요? 깨진 그릇처럼 자신을 내동댕이쳐 파괴하는 사람들, 깨진 조각을 들고 타인을 해치려는 사람들, 깨진 의식 속에 자신을 가두어 버리고 울고 있는 사람들, 사람들, 사람들……. 깨진 그릇은 좌절, 분노, 절망 등 부정적인 감정을 의미합니다.

이런 상태에 머물러 버리면 '환자'가 됩니다. 약물중독을 비롯한 다양한 중독증 환자들의 마음을 살펴보면 수없이 깨진 흔적들이 산재한데, 그것들이 춤을 추면서 마음과 몸을 찔러대니 그 고통에서 벗어나려고 마약에 의지하는 겁니다. 약뿐만이 아닙니다. 게임, 쇼핑, 섹스, 폭력 등. 심지어 사랑이라고 하더라도 중독은 위험한 상태입니다. 그릇으로 비유하자면 그냥 깨지고 마는 겁니다. 중독 상태로 산다는 건, 어떤 의미에서는 사는 게 아닙니다. 그건 죽어가는 겁니다. 세상에는 사는 사람과 죽는 사람이 있습니다. 나는 어떤 사람일까요? 스스로에게 묻습니다.

존재는 변화합니다. 그릇은 깨지는 순간 날카로운 칼날이 됩니다. 이렇게 한 번 깨진 뒤에야 사람은 다시 태어납니다. 아니, 한 번으로는 부족할 수도 있습니다. 여러 번 깨지고 나야 뭔가를 이룰 수 있는 법입니다. 지금 나에게 다가오는 고통을 피하려고만 하지 말고, 그 순간에 내가 변화해야 합니다(고통을 피하고 싶다 해서 고통이 사라지진 않습니다. 피하면 피할수록 오히려 고통은 '찰거머리'같이 달라붙어 지옥까지 따라와 나를 찌르고 찔러 피투성이로 망가뜨리는 칼날이 되는 겁니다). '이제야 그저 무미건조하던 나의 일상이 깨지고 내가 새로 태어난다. 이제야 내가 베어버리고 싶은 것을 벨 수 있겠구나.' 일상에 날카로운 각이 살아나고, 무딘 정신이 날카롭게 변화하면서 그동안 도무지 보이지 않았던 문제 해결 방법이 떠오르는 것입니다.

정인이 사건 같은 사회문제 앞에서 나의 마음은 날카로워져야 합니다. 이러한 문제가 해결되지 않는 이유는 나의 마음이 지치고 깨어져 무딘 상태에서 문제의 핵심을 그냥 지나치기 때문입니다. 하루하루 살기에도 바쁜 일상, 정신이 마모되어 마음에 어떤 감동의 날도 서지 않으니 그저 내게 아무 일 없으니 다행이라는 식으로 살아갑니다. 나의 무관심 속에 세월은 흘러 피해자들의 슬픔만 깊어질 뿐 가해자는 어디론가 숨어버립니다. 오늘 나의 마음은 타인의 고통과 슬픔에 대해 너무 무뎌져 있습니다. 깨진 그릇은 무딘 정신을 날카롭게 합니다.

고구려의 주몽, 신라의 박혁거세는 알에서 깨어난 사람들입니다. 옛사람들이 고대 국가를 만들면서 이러한 이야기를 상상했던 이유가 뭘까요? 이 신화가 우리에게 말하고 싶은 속뜻은 결국 '깨져라, 깨져라, 그래야 사람이 된다'일 것입니다. 우리의 무의식에 아주 깊은 곳에 자리 잡은 '깨짐의 신화'입니다. 헤세가 '데미안'을 통해 전해준 그 말 그대로 새는 알을 깨고 세상에 나오는 법이지요. 반면에 아주 사소한 일들……. 편의점에서 나오다가 문턱에 걸려 넘어졌을 때 참 황당하지요. 이렇게 전혀 예상치 못한 일들이 자주 일어납니다. 조용한 도서관에서 긴급 재난 문자 알림이 터지는 것처럼 말입니다. 정서적으로도 그렇습니다. 평소에는 별것 아니었는데, 문득 어떤 상황에서 갑자기 눈물이 뚝 떨어지는 순간도 있지요. 도대체 소통이 안 되는 표리부동한 사람들 앞에서 화가 치밀어 올라 고함을 지르고 싶은 순간도 있습니다. 여기저기 깨지면서 우리는 살아갑니다. 시인들은 이렇게 깨지면서 지나가는 삶의 한순간을 날카롭게 잡아채서 노래합니다. 그날 내가 부엌에서 들은 말은 오세영 시인의 시 한 구절입니다. "깨진 그릇은 / 칼날이 된다."

point

시는 사람이나 사물을 새롭게 표현하면서, '나만의 마음'과 '나만의 눈'으로 쓰는 겁니다. 시를 쓰고 싶다면 상투적 표현을 버려야 합니다. 초보자들의 시는 미사여구를 동원해서 멋지게 보이려는 경향이 있습니다. 그러다가 진짜 하고 싶은 말을 놓치고 맙니다. 창의성 없는 작품이 되는 거지요.

시는 창조적 행위입니다. 비록 일상은 뭐 하나 새로운 게 없지만, 나의 반복되는 일상에 돌연 돌멩이 하나가 날아와 마음의 파문이 이는 순간이 있습니다. 그 순간의 느낌과 깨달음을 잘 보고 쓰는 거지요. 무당이 귀신을 보듯이, 나만의 눈으로 끊임없이 새롭게 표현하는 연습을 통해, 비로소 나는 시인으로 탄생합니다. 오늘 나에게는 신비로운 영혼을 보는 눈, 그 마음의 눈을 뜨는 연습이 필요합니다. 잠자고 있는 마음의 눈을 깨우는 순간 나는 시인이 됩니다. 스스로를 미워했던 내가 사랑의 눈길로 나 자신을 바라볼 것입니다. 그리고 말합니다. '미안해, 여태 내가 진짜 나를 보지 못했구나……. 이렇게 아름다운 나를.'

Über Vernate

시는 '나만의 마음'과 '나만의 눈'으로 쓰는 것.

3. 어머니의 어머니 마음

"할머니, 빨리 와, 나 죽일 생각이야. 어휴. 어휴." 아파트 앞 동 2층 아가씨가 병든 개를 부축하고 내려오면서 할머니를 부르면서 한 말입니다. 할머니는 "지금 내려간단다" 하면서 내려오는데 동작이 느립니다. 동물병원에 가려는 것인지 아 가씨는 차에 시동을 걸고, 계단에 걸터앉은 할머니는 덩치 가 큰 개를 쓰다듬고 있습니다. 궁금한 마음에 이렇게 물었 습니다.

"개가 어디 아픈가 봐요."

그러자 할머니는 말씀합니다.

"아이고, 아니에요. 개가 늙어서 그래요. 저 녀석도 늙어서 나처럼 잘 걷지를 못하는 거지요."

할머니가 늙고 병든 개를 쓰다듬어주는 모습을 보니 한 폭의 묵화 같다는 생각이 들었습니다. 우두커니 서로 교감하는 할머니와 개를 바라봅니다. 순간적으로 흔들리던 풍경이 정지합니다. 그 풍경이 마치 한 폭의 그림 같습니다.

> 물 먹는 소 목덜미에
> 할머니 손이 얹혀졌다.
> 이 하루도
> 함께 지났다고.
> 서로 발잔등이 부었다고
> 서로 적막하다고
>
> — 김종삼, 「묵화」

나는 힘들 때면 이 시를 꺼내어 소리내 읽어봅니다. 이상하게 힘을 얻곤 하기 때문이지요. 누구라도 살기 힘들 때 저처럼 이 시를 읽어보세요. 눈에 보이는 시적 풍경이 그림처럼 보일 겁니다. 시를 읽는데 그림이 보이는 순간이 있습니다. 시의 회화성이라고나 할까요. 마치 그림을 그리듯이 시를 쓰는 방법입니다. 이 시를 읽고 나는 한 마리의 소가 되는 기분이 들었습니다. 울컥 눈물이 날 수도 있을 겁니다. 이 시는 여백이 좋습니다. 여백은 단어가 표현할 수 없는 감성을 품고 있습니다. 검은색의 단어와 흰색의 여백은 밤하늘과 별을 연상하게 합니다. 별이 빛남은 밤하늘이라는 여백이 있어서 가능한 일입니다.

늙어 병들면 자연스럽게 여백이 생깁니다. 젊은 근육은 온종일 바쁘게 움직이고 자신의 욕망과 쾌락을 추구합니다. 그건 자연스러운 일입니다. 하지만 몸이 병들면 빨리 움직이기보다는 천천히 다가갑니다. 별로 찾아오는 사람도 없고, 찾아갈 사람도 없어요. 그래서 심심하게 천천히 가면 보이는 것들, 그것이 여백입니다. 여백은 숨 가쁜 일상에 숨을 쉬게 하는 공간입니다. 여백이 있는 풍경은 참 조용합니다. 계절의 말기인 겨울에 내리는 눈도 여백입니다. 눈이 온 세상을 덮은 풍경을 떠올려보세요. 바쁜 우리들의 일상에 편안한 여백이 펼쳐집니다. 하루의 일과를 마친 소와 할머니, 바로 우리 앞집에 사는 개와 잘 웃으시는 할아버지, 두 분 모두 우리 삶의 여백입니다. 여백은 비어 있으면서도 충만합니다. 나를 위안하는 충만한 느낌이 없으면 여백이 아닌 공백일 뿐입니다. 어쩌면 나는 나 가까이에 있는 사람의 여백일지도 모릅니다. 비로소 나의 삶이 조용히 그 사람 곁에서 그 사람의 상처와 아픔에 기대어 살아지고 있음을 겨우 깨닫습니다.

point

시는 '선택과 배제'를 거쳐 살아남은 몇 줄의 문장입니다. 고래가 그 작은 눈으로 바다를 보듯이, 넓은 것을 보기 위해서는 망원경 렌즈 같은 작고 밝은 눈이 필요합니다. 글에 바다를 담고 싶다면 '고래의 눈'으로 보고 쓰는 겁니다. 아무리 복잡한 문제도 하나에 집중하면서 문제 해결의 방법을 찾아냅니다. 엉킨 실타래에서 한 올의 실을 찾아내어 풀어내듯이 말입니다.

일단 쓰고 싶은 글감이 있으면 흘러나오는 대로 적습니다. 그때부터 시를 쓰는 행위가 시작됩니다. 여기에서 내가 어떤 부분을 선택할 것인가? 어떤 경우에는 A를 쓰려고 했는데 B를 쓰기도 합니다. 혼란스럽습니다. 이 과정을 거치고 나면 시의 주제에 맞는 단어나 문장이 나올 겁니다. 그걸 붙잡고 더 집중합니다. 이런 식으로 반복하고 문장을 앞으로 밀고 나가면, 본질을 흐리는 거추장스러운 단어들을 다 지우게 됩니다. 김종삼 시인이 「묵화」를 쓰는 기법입니다.

시인이 시어를 덜어내고 버렸음에도 뭔가 풍요롭습니다. 시인이 얼마나 시어를 아끼는지는 그 시의 페이지에 있는 여백이 보여줍니다. 사물을 보는 나만의 시선을 갖고, 그 시선을 통해 깊은 사유의 세계로 들어갑니다. 그 세계는 아주 가까이에 있습니다. 시인처럼 단순한 풍경에 집중하면 세상이 더욱더 넓고 풍요로워집니다. 정신의 여백이 필요합니다. 지금 쓰고 있는 글이 잘 안 된다면 잠시 쉬면서 불필요한 것들을 버리고 여백을 찾기 바랍니다. 시의 여백은 음악의 묵음입니다. 음과 음이 연결되면서 하모니를 이루지만 그 사이에 있는 순간의 묵음이 연주를 단단하게 결속시킵니다. 음과 음이 여백도 없이 연결되면 소음입니다. 음악처럼 좋은 시는 커도 조용하고, 나쁜 시는 작아도 시끄럽습니다.

Casa Bodmer, Montagnola

시는 '선택과 배제'를 거쳐 살아남은 몇 줄의 문장입니다.
좋은 시는 커도 조용하고 나쁜 시는 작아도 시끄럽습니다.

4. 눈물바다의 마음

"사람들 말이지요. 겉으로는 웃고 있어도 가슴 열면 눈물바다예요." 방송국 진행자가 한 말입니다. 이런 경우가 종종 있지요. 어떤 사람이 무심코 한 말이 그 사람보다 오랫동안 가슴에 남아 있기도 합니다. 그때 그 말을 듣고 내겐 딱히 슬픔이라기보다는, 뭔가 가슴을 치고 은근히 올라오는 먹먹한 느낌이 있었어요. 그때 떠오르는 생각 하나는 '자서전을 쓴다면 첫 문장을 어떻게 쓸 것인가?'였습니다. '가슴 열면 눈물바다'라는 문장도 내 인생의 첫 문장으로 적절하지 않을까요.

당신은 인생 첫 문장으로 어떤 문장이 떠오르나요? 펜을 잡고 눈을 감으면 지나온 날이 그려집니다. 바로 펜의 효용성입니다. 펜은 마음을 차분하고 묵직하게 만듭니다. 또 혼란스러운 마음과 진지하게 대면하게 합니다.

다시 한 번 생각해봅니다. 내 가슴을 열어보면 뭐가 있을까? 먼저 눈물바다일까. 눈물바다 다음엔 환희에 찬 꽃동산일까. 눈물이 마를 날도 있을까. 눈물바다는 또 얼마나 짤까. 눈물바다 건너면 꽃처럼, 꽃숲 속에서 활짝 웃음보 터뜨리는 날이 정말 올까. 고진감래(苦盡甘來)라 하지만 고진고래(苦盡苦來)야말로 우리 삶의 적나라한 모습은 아닐까. 꼬리에 꼬리를 물고, 생각은 끝없이 펼쳐집니다.

그런데 잠깐, 이상한 것은 지난날은 지금 상태에 따라 전혀 다른 모습으로 다가온다는 점이지요. 이게 참 묘해요. 눈이 앞에 달려 있는 것은 과거를 보지 말고 미래를 보라는 뜻은 아닐까요? 실존철학자 하이데거의 말처럼 미래를 향한 현재의 결의에 찬 빛나는 눈은 슬픔과 고통에 찬 과거라 할지라도 눈물 젖은 지난날 '눈물바가지'를 깨고 '눈물바다'를 힘차게 빠져나오게 하지요. 그 눈은 슬픔 속에서 기쁨을, 고통 속에서 환희를, 절망 속에서 희망을 보지요. 인생이 제아무리 눈물바다라 할지라도, 모든 것은 지나갑니다. 피겨 스케이터 김연아 선수의 말처럼 '이 또한' 지나갈 뿐이지요. 눈물은 반드시 마를 날이 있습니다. 짜디짠 눈물바다도 아름다운 꽃숲 속에서 터뜨리는 함박웃음 사이에 한 줌 아련한 추억의 짠맛으로 달콤하기조차 하지요. 짜디짠 고통의 눈물바다가

짜지만 달콤한 눈물바다로 바뀌는 거예요.

최근에 시 쓰기 강의를 하면서 있었던 일입니다. 수강생이 쓴 시를 발표하는데, 옆에 있는 사람이 울먹이기 시작하더군요. 낭독자는 자신의 굴곡진 인생을 시로 풀었고, 역시 그 사연을 잘 아는 친구가 교감한 거지요. 낭독자는 목이 메어 잘 읽지를 못했고 강의실은 잠시 숙연해졌습니다. 그 시가 갖는 사연 때문에 두 사람이 울고 말았습니다.

하지만 그 시는 완성도로 보자면 낙제점입니다. 그 시를 쓴 사람도 자신의 시를 다시 본다면 부끄러워할 것입니다. 하지만 시의 완성도보다 더 중요한 것이 있습니다. 그 시를 통해 수강생들이 마음을 열고 이야기를 나누었다는 점입니다. 한 수강생의 진솔한 시가 강의실 안을 훈훈하게 했고, 수강생들이 교감하는 매우 만족스러운 시간이었습니다. 마음이 열리는 순간이었습니다. 시가 필요한 순간이었습니다.

그날 수강생들에게 여러분의 인생을 한 편의 시에 담아본다는 생각으로 시를 써오라고 했습니다. 그건 어려운 일이 아니라고 강조했습니다(사실은 어려운 일입니다만). 일과를 마치고 집에 가서 샤워하는 것처럼, 모든 것을 벗어던지고 온전히 자신에게 집중하라고 했습니다. 그렇다면 첫 문장은 무엇이 될 것인가. 저는 그것을 기대했습니다만 실망스럽게도, 다음 시간 그가 쓴 시에는 특별히 눈에 띄는 문장이 없었습니다. 사실 잊지 말아야 할 것은 수업과 상관없이 좋은 문장이 떠오르면 꼭 적어놓고 거기에서 다시 시작해야 한다는 것입니다.

point

평소에 메모 습관이 중요하다는 건 새삼스럽게 강조할 일은
아닙니다. 메모의 종류도 다양하고 그 쓰임새도 각양각색입
니다. 메모는 한 편의 글을 쓰기 위한 사전 작업입니다. 사실
글감을 찾는 것도 중요하지만, 그것이 하늘에서 뚝 떨어지
는 게 아닙니다. 우선은 글 생각을 염두에 두고 있어야 합니
다. 산책하거나, 지인과 한담을 나누거나, 라디오를 듣거나,
심지어 업무 관련 이야기를 하면서도 뭔가 툭 떨어지는 느
낌의 문장이 다가올 때가 있습니다. 예를 들면, 위에 인용한
문장과 같은 겁니다. 그건 전혀 의도하지 않았지만, 평소에
문장에 대한 강박증이 있는 저에게 선물처럼 찾아오더군요.
쓸 만한 글감을 찾는 것이 중요한 일입니다. 예를 들어 아버
지를 쓰고 싶다면, 아버지와 관련된 주제와 소재를 찾아야
할 겁니다. 아버지의 사랑, 일탈, 죽음에서부터 아버지의 안
경. 지갑, 지팡이 등 쓸 수 있는 여러 가지 중에서 딱 하나를
골라내서 시작합니다.

우리의 일상은 강과 아주 흡사합니다. 조용히 흘러가지만,
사실 강물에는 다양한 물고기가 살고 있습니다. 그 물고기

를 낚아내는 기술을 가진 사람들이 있습니다. 낚시꾼들이 물고기를 낚아내듯이, 글감도 조용한 일상에서 찾아낼 수 있습니다. 사실은 이런 기술이 중요합니다. 충격적인 소재는 잠깐 동안 열정을 불태울 수 있는 불쏘시개 역할을 할 뿐입니다. 그저 평범한 일상에서 소중한 보물을 건져 올리는 사람들이 바로 시인이고 예술가들입니다. 어떤 이는 나를 중심으로 반경 3킬로미터 안에 작품의 소재가 있다고 합니다. 월드 디즈니는 미키 마우스라는 유명한 캐릭터를 창조합니다. 과연 어디에서 영감을 얻었을까요? 그가 사업에 실패하고 집으로 가는 기차 안이었다고 합니다. 자신의 모습이 마치 물에 빠진 생쥐와 같았다는 거지요. 이런 아이디어를 작품으로 실현하려면, 복잡하고 어려운 과정이 필요할 겁니다. 하지만 동기가 중요합니다. 동기는 자동차의 앞바퀴입니다. 책은 한 문장에서부터 시작합니다. 그 문장을 어떻게 쓸 것인가? 그것은 내 인생의 첫 문장을 뽑아내는 일과도 흡사합니다. 아직 세상에 나오지 않은 당신 책의 첫 문장을 잘 쓰기 위해서는 누군가 툭 던지는 말처럼 평범한 것들에 주목해야 합니다. 문득 떠오른 아이디어를 메모하고 기록하고, 문득 다가온 말 한마디를 놓치지 않는 집중력이 좋은 작품을 만드는 필요조건입니다.

landschaft

시는 짜디짠 고통의 눈물바다를 짜지만 달콤한 눈물바다로 바꾸는 마술.

5. 울산대교의 마음

2019년 5월 7일. 울산대교 위에서 모녀가 극단적인 선택을 하려 합니다. 두 사람은 '삶이 힘들다, 힘들다'는 말만 반복할 뿐입니다. 그녀들을 구조하기 위해 출동한 경찰 말도 들으려고 하지 않았습니다. 심지어 돌아보지도 않았다고 합니다. 그때 한 경찰이 그녀들의 신원을 확인하고, 그녀의 이름을 크게 불렀습니다. 그러자 그녀가 돌아보았고, 이야기를 나누었고, 다리에서 내려왔다고 합니다. 사건 발생 5시간 만에 이루어진 극적인 구조였습니다.

그날 자연스럽게 김춘수의 「꽃」이 떠오르더군요. 내가 그의 이름을 불러주기 전에 그는 다만 하나의 몸짓에 지나지 않았지만, 그의 이름을 불러주었을 때 그는 나에게로 와서 꽃이 되었다는……. 이 유명한 시가 갖는 단점은 이 시가 너무 유명해서 이 시가 전하는 메시지를 진지하게 생각하지 않는다는 겁니다. 시인이 아무리 불러도 독자가 귀 닫고 있으면 무슨 소용입니까? 그래요. 인정합니다. 어떤 순간에는 귀가 닫혀버립니다. 누가 뭐라고 해도 아무 소리가 들리지 않아요. 그 순간 귀를 열어주는 것은 '절절한 호명'입니다. 그것마저도 들리지 않는다면 매우 심각합니다. 한 경찰관의 호명에 울산대교 모녀는 귀를 열었고 살았습니다.

극단적 선택을 하는 사람들이 있습니다. 그것은 오히려 살고 싶다는 간절한 몸짓일 수도 있을 겁니다. 몸 전체가 큰 입이 되어 소리치는 거지요. '소리 없는 아우성'이라는 시적 표현은 깃발의 경우만 해당되는 것이 아닙니다. 깃발은 사람의 은유입니다. 바람이 불어 마음이 흔들릴 때, 그 바람의 소리를 듣고 타인의 이름을 불러주는 일입니다. "아무개님, 거기는 위험해요. 여기로 오세요." 경찰관이 그녀의 이름을 불렀을 때, 그녀가 돌아보았다는 이야기는 결국 누군가 이름을 불러줄 때 자신을 확인했다는 겁니다. '아 그렇구나. 내가 지금 이 위험한 곳에 있구나. 그런데 이게 무슨 일이야?' 거기까지 간다면 어느 정도는 위기를 넘긴 겁니다. 그래, 일단 살아보자며 소중한 생명을 자각하는 순간입니다.
「꽃」에서 노래한 "잊혀지지 않는 하나의 의미"는 그녀들에게 어울리는 시적 표현이었습니다. 단지 호명을 통해서 소중한 생명이 교감합니다. 정말 아름답지요. 꽃이 핀 모습은 어떤 의미가 생성되는 순간처럼 보이기도 합니다. 봄날에 피어나는 산수유, 벚꽃, 목련꽃, 철쭉, 개나리…… 우리와 밀접한 자연의 풍경이 사람 사는 모양처럼 여겨집니다. 생명은 남녀가 사랑하는 그 아름다운 순간에 피어나는 꽃이길 바랍니다. 오늘은 누군가의 이름을 부르면서 편지를 씁니다. 그대여. 아파트 베란다에 호야꽃이 피었습니다.

언어라는 것은 인간의 경험을 정리하기 위한 지도이다. 좀 더 정확을 기해보면, 언어체계란 인간의 경험인 머릿속의 산과 벌판, 강과 바다를 시간과 공간의 축 위에 표시하기 위한 좌표계이고 낱낱의 단어는 그 지점의 좌표값이다. 이렇게 해서 인간은 '마음'이라는 혼돈의 공간에 가로세로 줄을 긋고 그 줄의 교차점마다 이정표를 세우는데, 그 이정표의 문명이 우리가 낱말이라 부르는 사물이다. 인간의 마음은 이렇게 해서 길을 갖게 되었다. 이제 길은 마음속에도 있다. 이 마음속의 길은 비가 와도 허물어지지 않고 지진에도 영향을 받지 않는다. 그것은 변하지 않는다. 변하는 것은 그 길(언어)을 지나가는 사물이다.

— 최인훈, 「길에 관한 명상」 중에서

'한국 문학사상 가장 지적인 작가'의 사유의 깊이를 느끼게 하는 참 아름다운 산문입니다. 인간은 서사를 통해 최인훈이 이야기하는 길(언어)의 방향과 넓이를 정하고 다른 길로 나갑니다. 언어가 가리키는 방향과 깊이와 넓이는 우리가 다니는 길과 비슷합니다. 우리가 가야 할 길 역시 서사를 통하여 조금 더 확실하게 알 수 있습니다.

예를 들어, 어떤 사람이 우리 동네 맨홀이 있는데 내가 거기에 빠질 뻔했다고 이야기합니다. 서사란 사건의 재현이나 사건의 연속을 의미합니다. 맨홀에 빠질 뻔한 사건이 서사가 되는 거지요. '우리 동네에 맨홀이 있다'라는 문장은 묘사지 서사가 아닙니다.

서사는 언어예술의 골격입니다. 문학, 연극, 영화에서 최근 웹툰까지. 석기시대부터 내려오는 인간의 역사 과정도 그러합니다. 역사 역시 서사입니다. 그렇다면 서사는 우리의 모든 삶을 연결하는 길과도 같습니다. 인간의 길에는 인간의 시간이 흐릅니다. 과학적 시계는 일정하지만, 인간의 시간은 이야기에 따라 길게 혹은 짧게 변화한다는 특징이 있습니다. 인간의 시계에는 시침과 초침이 없습니다. 몸과 마음이 바로 그 자리에 있지요.

예를 들어, 울산대교에서 모녀가 보낸 5시간은 시계의 시침으로는 분석할 수 없는 길이를 가지고 있습니다. 5시간이 덩어리로 다가오는 것이 아니라, 긴박한 순간에 초 단위로 인생의 길이가 달라는 경험입니다. 당사자도 경찰도 그 시간은 평소의 시간과 비교할 수 없을 정도로 엄청난 길이를 갖고 있었을 겁니다. 이것은 인간의 긴장감이라는 감정 때문입니다. 속담에 '일각(一刻)이 여삼추(如三秋)다'라는 표현이 있습니다. 일각은 약 15분, 삼추는 세 번의 가을이 지나가는 3년을 의미하니까, 매우 짧은 순간이 몹시 길게 느껴진다는 표현입니다. 수능 합격자 발표를 기다리는 부모의 마음과 같은 거지요.

제 친구가 고속도로에서 자동차 전복 사고를 당하는 순간의 경험을 이야기하는데요. 그 순간에 자신의 전 생애가 주요 사건별로 마치 슬라이드처럼 펼쳐 흘렀다고 합니다. 인간의 시간이 이렇습니다. 어떻게 그 짧은 순간에 그럴 수 있는지 믿어지지 않는다고 하더군요. 인간의 시간이 서사적 시간이기 때문에 그렇습니다. 인간은 자신의 겪은 일을 시계의 시간이 아니라 서사적 시간을 통해 이해합니다. 작가는 10년, 20년의 시간을 단 몇 초 만에 한두 문장으로 쓸 수 있습니다. 심지어 석기시대의 이야기까지 말입니다. 울산대교 모녀의 일화도 시간 길이를 서로 다르게 표현할 수 있습니다. 예를 들자면, 모녀가 울산대교 위에서 자살을 시도했지만, 경찰의 도움으로 5시간 만에 구조되었다는 사건을 이렇게 쓸 수도 있겠습니다.

한 경찰관의 기지로 모녀가 울산대교 위에서 5시간 만에 극적으로 구조되었다. 경찰관은 안도의 한숨을 쉬었고, 지켜보던 시민들은 가슴을 쓸어내렸다. 그녀의 이름을 불렀던 경관은 기자에게 할 일을 했다고 했다. 기자는 2년 후에 다시 모녀를 찾았다. 울산의 한 아파트에서 그녀들은 밝은 미소로 말했다. "그동안 고마운 일들이 많았어요. 좋은 일도 있었고……, 살아서 좋아요"라고. 멀리 울산대교 위로 석양이 지고 있었다.

이 대목은 사건 이후 2년간을 담은 이야기입니다. 모녀가 새로운 삶을 살면서 다시 평범한 일상을 회복하고 있습니다. 석양이 지는 장면을 묘사하면서 끔찍한 일이 벌어질 뻔했던 울산대교가 아름다운 풍경으로 다가옵니다. 서사적 시간은 시계의 시간에서 벗어나 유동적으로 흐르고 있습니다. 서사를 통하여 눈물을 흘리기도 하고, 환한 미소를 짓게도 합니다. 삶과 시간은 서로 유기적인 관계를 맺고 있습니다. 신문기사에 보았던 한 장면을 가지고 쓴 이 산문도 이러한 맥락에서 읽을 수 있습니다. 혹시 이 글을 본 독자가 다른 이야기를 만들어낼 수도 있겠지요. 제법 긴 소설도 가능합니다.

글을 쓴다는 행위는 경험을 하는 것입니다. 어떤 순간을 밀도 있게 묘사하고 이야기의 전개에 따라 2년을 훌쩍 건너가기도 합니다. 마치 자신의 손에 들어온 밀가루 반죽을 주무르듯이 맘대로 할 수 있습니다. 이 놀라운 순간을 통하여 우리는 세계를 잘 이해할 수 있는 길을 찾을 수 있습니다. 우리는 이야기를 통해서, 언어와 서사를 통해서 사람과 세상을 이해합니다. 우리는 이야기를 통해 세상을 이해하는 방식을 배웁니다. 이때 중요한 것은 스스로 편견과 선입견을 '괄호 속에 넣고'(훗설) 세상을 정직하고 정확하게 보는 겁니다.

그 정확한 세상 인식을 토대로 무엇보다 숨어 있는 가능성, 절망 속 어딘가에서 기다리는 희망을 정확하게 보는 겁니다. 비바람을 맞지 않고 영그는 열매는 단 한 알도 없습니다. 이미 장석주 시인은 대추 한 알에도 태풍 몇 개, 천둥 몇 개, 벼락 몇 개가 들어 있다고 했지요.

Tessiner Dorfansicht

비바람을 맞지 않고 영그는 열매는 단 한 알도 없습니다.

6. '바람이 분다, 살아야겠다'는 마음

일요일 오후, 선생에게 전화가 왔습니다. 일이 있어 자네 집 근처에 있으니 카페로 올 수 있으면 오라고 합니다. 거울을 보면서 면도할까 하다가 그대로 카페로 가서 커피 한 잔을 시키고, 산자락 아래에 있는 풍경을 바라보면서……, 우리는 헤밍웨이의 턱수염과 슈베르트 피아노 트리오나 선생이 독일에서 어렵게 구해온 『괴테 전집』에 대한 이야기를 나누고 음악을 들었습니다. 그러자 창밖의 풍경이 조금 달라 보이네요.

진달래와 벚꽃이 피어 있는 산기슭 아래 풀들이 피어 흔들리고 있었습니다. 변덕스러운 봄바람이 꽤 사납게 불고 있는데, 풀들이 바람에 흔들리면서 쓰러지고 일어나기를 반복하는 모습이 김수영 시인의 「풀」에 묘사된 장면이더군요. 바람이 불자 풀들이 따귀를 맞고 바르르 떠는 것 같기도 하고. 하여간 풀이 바람에 눕고 일어서기를 반복하는 모습을 묘사하는 그 시의 풍경을 온전히 감상하게 된 거지요. 시를 진짜 만났다는 느낌이 들었습니다. 아, 이런 거구나 싶었지요.

바람이 불고, 풀이 "눕는다 일어선다"라는 문장이 반복법으로 연결되는 「풀」은 시인이 어떻게 썼을까요. 아마도 흔들리는 풀의 모습을 보고 쓴 것은 분명해 보입니다. 우리가 무수히 보아온 풍경이 시인의 눈에 들면 생의 마지막 시가 되었습니다. 시인의 인생을 관통하는 정신이 들어 있기 때문입니다.

김수영의 「풀」은 민중혁명의 상징이지만, 한하운의 「보리피리」는 병들어 지독하게 고독한 시입니다. 같은 풀이지만 누구를 만나느냐에 따라 극과 극의 대척점에 서게 되는 거지요. 이런 시들의 우열을 가린다는 것은 어리석은 일입니다. 나는 그때 그때 그저 내 마음에 드는 작품을 읽습니다. 어떤 순간에는 김수영이 좋고, 어떤 순간에는 한하운이 좋을 뿐이죠. 풀이 시인의 심성과 만나 공명이 일어나고, 그 공명이 바로 감동으로 변화합니다. 뛰어난 작품은 내가 막연하게 원했던 세상을 눈앞에서 보는 것과도 같아요. 여태 그냥 지나쳐 버린 일상들이 색다른 모습으로 다가옵니다.

지금 내게 절실한 것은 어떻게 하면 오늘을 잘살 수 있는가입니다. 세파에 시달리며 이리저리 흔들리면서도 잘살아가는 풀. 언젠가는 화려한 꽃을 피우겠지요. 아니 꽃을 피우지 못하더라도 서로 어울려 넓은 풀밭을 만드는 모습을 통하여 우리에게 공동체의 힘을 보여줍니다. 궁극적으로 혁명이란 혁명이 필요 없는 세상을 지향하는 운동이기에 오히려 이토록 조용한 일상이 무엇보다 더욱 소중합니다.

선생은 당신이 어렸을 때는 풀에서 나오는 '삐삐'를 까먹고, 보리피리와 같은 풀피리를 불고 다녔다고 하시더군요. 추억은 기억의 밑바닥에 있기에 풀에 가깝습니다. 어느 일요일 오후, 한가한 시간에 바라본 풀밭. 그것은 온전히 나의 세상이었습니다. 선생과 함께한 일요일 오후는 오랜만에 속박에서 벗어나 자유로운 상태가 되었습니다. 바로 어제까지만 해도 그냥 살기 싫었는데. 내일부턴 뭐 그럭저럭 열심히 살아갈 수 있을 것 같습니다.

잠깐 쉬는 시간을 통해 삶의 에너지가 생성된 거지요. 그래……, 아주 가끔은 세상사와 조금 떨어져서 세상을 보자. 홀로 자연을 바라보는 시간이 있으면 좋은 거지요. 그것이 비록 흔들리는 풀처럼 작고 하찮을지라도. 이렇게 중얼거리면서 카페를 빠져나옵니다.

point

동어반복은 퇴고 과정에서 수정 삭제해야 문장의 의미가 선명해지고 전체적으로 그 단락이 완성됩니다. 하지만 예외가 있습니다. 반복법인데요. 같은 단어를 반복해서 얻는 효과가 있습니다. 한 편의 시에서 같은 글을 반복하면 그만한 이유가 있어야겠지요. 김수영의 풀도 명사 '바람과 풀', 동사 '일어난다와 눕는다'가 계속 반복되면서 단순하지만 깊은 울림을 주고 있습니다. 시를 소리 내서 읽어보면 반복법의 효과가 느껴집니다. 글을 쓰고 소리 내서 읽어보면 이것이 동어반복인지 아닌지 가늠할 수 있습니다. 시의 운율은 적절한 반복을 통해서 잘 살아나기도 하니까요. 인생도 마찬가지가 아닐까 합니다. 좋은 일은 반복하면 그게 습관이 되고, 좋은 습관이 훌륭한 삶을 만듭니다.

'반복과 열거'는 시에서 자주 보이는 수사법입니다. 반복은 같거나 유사한 어구를 반복하는 기법인데요. 시의 의미와 리듬이 살아나는 효과가 있습니다. 열거는 조금 다른데요. 비슷한 어구를 적절히 살려서 역시 시적인 리듬을 살리면서

51

의미가 강조됩니다. 우리 시에서 반복과 열거를 적절하게 사용한 수작들이 제법 있습니다.

우리 시의 반복법에는 몇 가지 유형이 있습니다. 첫 연을 다음 연에서 반복하는 '수구반복'과 첫 문장을 마지막 문장에서 반복하는 '수미반복'이 자주 보입니다. 또한 한 문장을 일정한 형식 없이 자유롭게 반복하는 '결구반복'이 있는데요. 꼭 이러한 기법을 염두에 두고 시를 쓸 필요는 없습니다.

열거법은 비슷한 느낌의 여러 단어를 열거하는 방법입니다. 이를 '동위 독립어' 열거법이라고 하는데요. 시에서 자주 볼 수 있습니다. 동위 관형어를 동위 독립어와 함께 사용하는 방법도 있습니다. 한 단어에 여러 관형어를 쓸 때 사용됩니다. 예를 들어, 김영승의 시 「반성·序」에서 "그 모든 선천적 후천적 가엾음에 대한"이란 구절이 있습니다. '선천적, 후천적'이라는 관형어가 열거되면서 가엾음을 새롭게 만들고 있습니다. '가엾음'이라는 단어가 강조되는 느낌이지요.

이러한 유형이 정해진 것은 그만큼 우리 시에 자주 나타나는 수사법이기 때문입니다. 반복법은 보통 위에 열거한 유형에서 자주 사용됩니다. 문장의 수사법은 시대의 문장을 반영하는 것입니다. 작가에 따라 그 틀에서 벗어나는 새로운 수사법을 만들 수도 있을 겁니다. 우리 시에는 형식을 파괴하는 시들도 꽤 보이니까요. 그것이 힘을 얻으려면 전통적 방법으로는 도저히 표현할 수 없는 시인의 창의성이 있어야 할 겁니다.

Magnolia

아주 가끔은 세상사와 조금 떨어져서 세상을 보자.
그것이 비록 흔들리는 풀처럼 작고 하찮을지라도.

터널

빛을 보기 위해
빛을 버려야 할 때가 있다.
어두운 터널 안에서
작은 촛불만 보고 가면
터널 끝에 있는 태양 빛을 보지 못한다.

살기 위해
죽어야 할 때가 있다.
매일 밤,
내일을 살기 위해 나는 죽는다
침대는 나의 관,
간혹, 아침에 일어나지 못할 거라고
생각하며 잠들곤 한다,
하지만 어김없이 아침에 일어났다.

수면은 깊은 터널,
그 안을 밤새 걸어 다닌다,

꿈 같은 작은 촛불을 하나 들고
어둠을 흔들면서 걸어가다가,
촛불을 후 불어 버리면서,
터널 끝에 서면
새벽빛이
별처럼 쏟아진다.

빛으로 빛을 보려고 하지 말라
빛을 볼 수는 있게 하는 건
깊은 어둠이다.
어둠 속에서 벗어나고 싶다면
지금 들고 있는 희망이라는 촛불을 꺼버려라
절망의 끝에서 고개를 들어라
용기를 내라, 새벽빛은 깊은 터널 끝에 있다.

7. 언덕의 마음

"오르막길인 줄 알았는데 내리막길이었다."

여기저기서 힘들다는 소리가 들려오고, 내일이 오늘보다 좋아진다는 잔인한 희망 때문에 일상이 고달프기도 합니다. 그래요. 달동네 슬럼가를 올라가는 택배원처럼 고통의 오르막길을 오르는 일상이 다반사입니다. 하지만 아무리 가파른 오르막길이라도 정상에 올라서면 내려오는 길이 있기 마련입니다. 어려운 고비를 넘기면 편한 길이 나올 것이라는 희망 섞인 기대 자체가 희망적입니다.

정상에는 고통의 정상만이 아니라 환희의 정상도 있지요. 그러나 인생 어느 순간에 성공과 환희의 정점을 찍고 다음부터는 내리막길입니다. 인생의 정점은 무엇일까요? 자신의 영역에서 한계점으로 여겨지는 성공을 한 사람도 어느 순간부터는 내리막길입니다. 숱한 유명인사의 몰락을 우리는 알고 있습니다. "오르막길인 줄 알았는데 내리막길이었다." 단한 줄이지만 아주 대조적인 생각을 하게 하는군요.

시인은 순간을 잘 포착합니다. 길을 걸어가다가 어떤 생각이 떠오르면 단 한 줄로 그 생각 전체를 정리하는 연습이 필요합니다. 시인에게 시상이 문득 터지기도 하지만, 그것을 붙들고 오랜 생각 끝에 좋은 한 문장이 탄생하기 때문이지요.

point

위의 문장은 대조법을 사용합니다. '대조'란 상반되거나 모순되는 어구를 연결하여 대비의 느낌을 강조하면서 통일감을 이루게 하는 수사법입니다. 작곡의 대위법과 같은 원리라고 보면 되겠습니다. 오르막과 내리막은 상반되지만 한 문장 안에서 통일성을 갖게 됩니다. 이러한 대조를 잘 사용하면 좋은 효과를 얻을 수 있는데요. 문장에서뿐만이 아니라, 그 문장의 해석도 희망과 절망이라는 서로 다른 관점이 나올 수 있습니다. 이렇게 상반되는 관념을 가진 상태를 모순이라고 합니다.

대조법과 유사한 대립의 구조로 서로 모순되는 상태를 결합한 '모순어법'도 있습니다. 유치환은 「깃발(旗ㅅ발)」에서 '이것은 소리 없는 아우성'이라는 표현을 사용합니다. '소리 없는'과 '아우성'이라는 서로 모순되는 언어를 결합해 펄럭이는 깃발을 상징적으로 표현합니다. 우리 일상에는 의외로 모순과 대조가 서로 잘 어울리는 것을 발견할 수 있지요.

시는 위안이나 희망을 전해주기도 하지만, 그보다 현실을 있는 그대로 이야기합니다. 인생처럼 시도 서로 대립하는 모순투성이입니다. 거기에 절망하지 마세요. 지금이 어렵다면, 바로 다음에 좋은 일이 찾아올 겁니다. 당장 죽고 싶을 지경이라는 그것이 바로 살 기회일 수 있습니다. 이렇게 서로 대립하는 생각이나 행동을 한 문장 안에 아름답게 결합하면 좋은 시가 됩니다. 당신처럼, 제 삶도 크게 다르지 않습니다. 빛이 없으면 어둠이 없고 어둠이 없으면 빛이 없듯이 우리 모두의 인생에는 행복과 불행, 빛과 어둠이 같은 시간, 함께 뒤섞여 있습니다. 시는 인생을 담고 있습니다. 인생이 없는 시는 공허한 구호일 뿐입니다.

8. 잠자리의 눈 마음

어쩌다 잠자리가 내 방으로 오셨다.
귀한 손님, 좁은 공간을 빙빙 돌고 있다.
잠자리 생각한다. 뭔가 이상한 공간이다. 여긴 내 하늘이 아
니다.
잠자리는 다시 밖으로 나가려 한다.

종일 원고지 안에,
그대 생각에 갇혀 있던 내가 잠자리를 본다.
아, 놈이 내 마음이었구나
내 마음이 저 잠자리를 불렀구나……

만 개의 눈을 가진 잠자리가

사방으로 열린 아홉 창문 중에
자신이 나갈 창문 하나 찾지 못하고,
벽과 창문에 날개를 부딪치면서,
제 갈 길을 가지 못한다.

만 개의 눈은 필요 없다.
문과 벽을 가려내는 두 눈이 필요할 뿐,
때론, 나가고 싶을 때 나갈 곳을 아는 외눈박이가 필요하다.
나갈 수만 있다면 나의 하늘을 되찾을 수 있으리라.

잠자리가 사무실의 창문을 찾지 못하는 건, 시각 문제가 아니라 환경 문제입니다. 잠자리는 문이 무엇인지 모르기에 밖으로 나가질 못하는 겁니다. 보는 것보다 중요한 건 아는 겁니다. 아무리 먼 곳에 있어도 갈 길을 안다면 어디로든 갈 수 있습니다. 시에서와는 달리 잠자리는 열린 창문을 통해 빠져나가긴 했습니다. 눈으로 문을 봤다기보다는 운이 좋아서 겨우 사무실을 빠져나간 거지요. 이 시를 쓰고 나서 이런 생각도 듭니다. 과연 우리가 본다는 것은 무엇일까? 세상을 두 눈으로만 볼 수 있는 것일까. 아닙니다. 이제는 마음의 눈이 필요합니다. 마음의 눈은 그냥 만들어지는 것이 아니라, 마음을 통해 생성되는 뇌의 눈이기도 합니다. 그것이 발달하면 정신과 영혼의 눈으로 변화합니다.

시각장애인 친구가 금요일 점심에 보자고 말합니다. 나는 잠시 '본다'라는 단어의 본질을 생각합니다. 생물학적 시력은 기능을 다 했어도 그에게는 마음의 눈이 있습니다. 그가 본다는 건 사람과 사람이 만나는 겁니다. 그가 보는 건 아는 겁니다. 진짜로 보는 건 지혜롭게 사는 겁니다. 오늘 나는 무엇을 보았을까? 보고 싶은 걸 얼마나 보았을까. 보기 싫은 걸 더 많이 보고 만나고 싶지 않은 사람을 더 많이 만난 건 아닐까. 세상을 살면서 나는 내가 보고 싶은 걸 얼마나 제대로 보면서 사는 것인가. 앞이 보이질 않아 친구가 더디게 걷는 발걸음이 현자의 행보처럼 보이는 날이었습니다. 그걸 보았다는 건, 내가 뭔가를 새롭게 알았다는 뜻이기도 합니다.

9. 씨앗의 마음

2009년 5월 8일 가야문화재연구소는 옛 가야의 땅인 경남 함안군 발굴 현장에서 700여 년 전 고려 시대의 씨앗을 발굴해서 2010년 7월 연꽃을 피웠다. 이 씨앗은 고려 시대 것이지만, 옛 아라가야 땅에서 발견되어 '함안 아라홍련'이라고 명명했다. 1953년 일본에서 2,000여 년 전인 신석기 시대 연꽃 씨앗 3개를 발굴해서 2개를 발아시켜 세상을 놀라게 했다.

이 뉴스를 보고 연꽃 씨앗을 구했습니다. 연꽃을 피우기 위해서는 일단 쇠톱을 가지고 씨앗의 끄트머리를 잘라야 합니다. 연꽃 씨앗은 망치로 쳐도 끄떡없습니다. 이런 견고함이 그 오랜 시간을 유지하는 힘이겠지요. 샤먼의 주술이 통했던 신석기에 발견된 연꽃의 씨앗은 과연 그 시대의 모습을 고스란히 담고 변한 게 없겠지요. 그렇다면 이 씨앗에 손을 대는 순간 석기시대와 교감하는 것일 수도 있습니다. 이러한 과장법은 때론 나를 황홀하게 합니다. 오랜 세월 동안 변하지 않고 돌처럼 살아온 생명에 대한 감탄입니다. 연꽃 씨앗은 다이아몬드보다 단단한 생명을 품고 있습니다. 이런저런 생각을 하면서 연꽃 씨앗을 조금 잘라내고, 항아리로 만든 인공 연못에 심어 연꽃이 피어오르기를 기다립니다. 며칠이 지나자 과연 서너 장의 둥근 잎이 수면으로 떠오릅니다. 연꽃잎을 보며 인간을 만든 씨앗에 대해 생각하게 됩니다.

인간에게도 '정자·난자'라고 부르는 씨앗이 있습니다. 하지만 인간 씨앗이 땅에 떨어진다면 몇 시간 못 갈 겁니다. 식물 씨앗과는 달리 인간 씨앗은 합해야 생명이 탄생하니까, 씨앗 자체의 생존에는 그리 유리한 조건이 아닙니다. 살기 위해서라도 함께해야 하는 사람의 운명이겠지요. 그래서인지 삶은 여기저기 상처가 많고 눈물이 많습니다. 어쩌면 그 물러터진 씨앗 탓일 수도 있습니다.

스스로에게 묻습니다. 나는 나의 성장을 위해 내 안의 단단한 부분을 잘라낸 적이 있었던가. 성장하기 위해 단단한 것을 잘라내는 것, 연꽃을 피우기 위해 씨앗을 자르는 것처럼 나에게도 그런 시간이 필요합니다. 남녀가 사랑하는 과정이 그러합니다. 서로의 단단한 면을 잘라내고 거기에 애정과 신뢰를 접목시키고 물이 스며들어야 합니다. 그런 과정을 거쳤음에도 꽃이 피지 않을 수 있습니다. 당연히 지속적인 관심과 열정과 노력이 필요하지요. 그러기에 때로 꽃을 피우는 사랑의 시간은 길고도 지루합니다. 나는 오늘 어떤 씨앗을 마음에 심었을까?

마음을 단단하게 먹는다는 표현이 있는데, 연꽃 씨앗을 상기하면 쉽게 이해됩니다. 몸과 마음이 단단하면 어떤 세파라도 잘 견딜 수 있다는 이치 역시 서로 통합니다. 천년 연꽃이 전하는 것은 시대가 변해도 변하지 않는 아름다움입니다.

point

언어에서는 단어가 씨앗입니다. 한 단어가 글의 씨앗이 되어 문장이라는 줄기를 만들고, 그 줄기를 통해 꽃이 피듯이 한 문장이 완성되는 거지요. 그 문장이 작가가 전하고 싶은 메시지를 꽃향기처럼 전하기도 합니다. 식물의 씨앗에 따라 서로 다른 꽃을 피우듯, 단어 선택을 통해 문장이 결정됩니다. 그렇다면 단어 선택을 어떻게 하면 좋을까요.

일단 두 가지로 나누어보겠습니다. 단어는 그 자체만으로는 문장이 되지 않습니다. 물론 예외는 있지요. '불!'이라고 한 단어만 써도 이것이 긴 문장에 미치는 효과가 있습니다. 불 조심이라는 단어를 적절한 장소에 쓰면 화재를 예방하는 강력한 문장이 되기도 합니다. 문학 서사론에도 한 단어나 한 문장이 서사가 되느냐 안 되느냐에 대해서는 학자 간에 이견이 있습니다.

문장은 단어로 구성된 유기체로 생각하면 됩니다. 좋은 문장을 살아 있는 문장이라고도 하지요. 문단 요소에서 단어가 적절하게 어울려야 그 문장이 울림과 깊이가 있기 때문이다. 때론 조사 하나 고르기도 만만치가 않아요. 같은 단어라도 어떤 문장에서는 살아나고, 어떤 문장에서는 죽어버리기 때문입니다. 예를 들어, "한 송이 국화꽃을 피우기 위해서"에서 국화꽃 대신에 연꽃을 사용한다면 어떨까요. 시의 내용상 어울리지 않습니다. "한 송이 연꽃을 피우기 위해서"라는 문장을 쓴다면 전혀 다른 시가 탄생할 겁니다. 국화꽃이 주는 누님의 이미지가 연꽃으로는 잘 안 보입니다. 아마도 연꽃은 선시(禪詩) 같은 부처의 이야기를 할 때 적당하겠지요.

단어를 고르는 일은 의외로 매우 까다롭습니다. 아마도 시인은 단어가 씨앗이고, 그 씨앗이 마음 밭에 떨어지면 어떤 꽃을 문장으로 피울지 잘 알고 있었겠지요. 단어 선택은 누가 가르쳐준다고 금방 아는 것도 아닙니다. 그것은 고통의 과정이 지나고 그 고민의 정도만큼만 보여주는 결과물이기 때문입니다. 단어 하나 때문에 문장에 어떤 변화가 일어나는지 보겠습니다.

예를 들어, '우리 집 개한테는 벼룩이 있다'라는 진술은 우리 집 개에 대한 묘사이다. 그러나 이 문장은 그 안에서 어떤 일도 일어나지 않았기 때문에 서사가 될 수 없다. 반면 '우리 집 개가 벼룩에 물렸다'라는 진술은 서사이다. 이 문장은 어떠한 사건에 대해 말하고 있기 때문이다. 벼룩이 개를 물었다는 아주 작은 사건이긴 하지만, 그것만으로도 서사를 만들기에는 충분하다.

— H 포터 애벗, 『서사학 강의』(문학과지성사, 2010)

위의 인용문에서 보듯이 같은 문장에 조사 하나가 묘사와 서사의 차이를 만들어냅니다. 지금부터라도 주위에 있는 단어들을 잘 보살피고 적절한 시기에 사용하는 기술을 연마하시길 바랍니다. 아마도 시행착오를 거듭해야 좋은 문장이 탄생한다는 사실을 알게 될 겁니다. 좋은 문장 만드는 일은 배움을 통해 나 자신을 만드는 일과 많이 닮았습니다.

10. 사진엽서의 마음

아파트 우체통에 간절곶 등대를 찍어 놓은 사진엽서 한 장이 들어 있어요. 각종 고지서와 독촉장에 익숙한 손길을 멈추고 잠시 우두커니 엽서를 들여봅니다. 선뜻 손길이 가지 않고 뭔가 생각하게 합니다. 순간적으로 먼 세계에서 전해지는 떨림이 감지되는군요. 가뭄 든 땅에 비 내리는 소리가 들립니다.

이게 도대체 어디에서 온 거야……. 엽서 뒷면에 적힌 보낸 사람을 확인합니다. '아, 이 친구구나. 보고 싶네.' 암으로 투병하는 그의 병세는 좀 어떤가 싶었습니다. 그림엽서는 아픈 친구가 보낸 겁니다. 지독한 투병 생활을 하는 친구가 보낸 엽서 한 장. 저는 짧게 탄식을 하면서 '이런……, 어쩌면 그동안 너에게 무심했던 나야말로 더 아픈 사람이구나' 싶었습니다. 친구는 무척 살고 싶다고 적었습니다.

형!

언젠가 이곳에 모인 사람들을 보고 저 사람들은 무엇이 간
절해서 간절곶에 갔을까? 그런 자조적이고 농담的인 말의
유희를 즐겼었는데……. 난 참 지금이 간절하네요. 항상 고
맙고 잘되길 빌어요. 2019.07.14

친구는 등단도 안 했지만, 그냥 타고난 시인이었습니다. '살
고 싶다'라는 말을 안 하고, 대신에 간절하다고 썼습니다. 삶
에 대한 간절한 마음을 이렇게 잘 전할 수 있을까요. 그리고
그 흔한 핸드폰 대신에 엽서를 보냅니다. 그것처럼 삶을 잘
표현하는 은유가 또 어디 있겠습니까. 엽서를 우두커니 보
다가 무작정 앞으로 걸어 나갔습니다. 그렇게 집 주변을 돌
다가, 작은 동산을 오르고 내리고 헤이리 마을까지 갔다가
다시 집으로 돌아왔습니다.

엽서에는 울산 간절곶 등대 기행을 갔다가 와서 그 이야기
를 나누었던 추억이 묻어 있습니다. 간절곶에는 한국에서
가장 큰 '간절곶 소망 우체통' 있습니다. 그리고 바닷가에 있
는 울타리에 '간절히 바라면 이루어진다'라는 문장이 있어
요. 지방자치단체에서 지명을 이용한 관광 마케팅이라는 생

각도 들지만, 막상 가서 보면 바다와 우체통은 그 자체로 저마다 가슴속 꽁꽁 숨겨놓은 간절한 마음을 저절로 드러내주는 오브제가 됩니다. 이야기를 나누면서 우리는 킬킬대면서 웃었어요. '간절하긴 뭐가 간절해'라고도 했습니다. 우리 모두, 하루 앞을 모르는거지요. 그런데 지금 친구는 참 간절하다고 하네요.

『왕자』라는 시집을 꺼내서 봅니다. 친구는 손수 수제본으로 책을 단 두 권 만들었습니다. 그중 한 권을 나에게 선물했는데, 참으로 귀한 시집입니다. 그 시집과 엽서를 우두커니 바라보다가 오랜만에 편지를 쓰고 싶습니다. 만년필을 들고 천천히 한숨을 쉬면서 편지를 씁니다. 한참을 들여다보다가 결국 보내지 않았습니다. 아니, 보낼 수 없었습니다. 수신인이 하늘나라에 있기 때문입니다.

point

글에는 마음을 전달하는 기능이 있습니다. 좋은 편지는 시나 소설을 능가하는 작품성을 가지고 있더군요. 편지라는 형식으로 시나 소설을 쓰기도 합니다. 편지는 인간의 마음을 담은 창조적 작품입니다. 편지나 엽서가 점점 사라지고 있습니다. 이러다가 우체통마저도 공중전화처럼 없어지는 것이 아닐까. 상대방에게 핸드폰으로 전하는 간단한 문자나 카톡이 중요한 일상이 되어버렸습니다. 이러한 경향은 시대의 흐름이지만 짧은 시간에 짧은 글로 마음을 전달하는 일도 쉽지 않아요. 편지나 엽서는 넉넉한 시간과 공간에서 문장을 만들지만, 그 자리에서 빨리 해야 하는 문자 작성은 정말 어렵더군요. 물론 간단한 응답이나 정보는 편하지만, 감정을 담아내기는 어려워요. 그래서인지 이모티콘을 사용하는 사람이 많습니다. 이모티콘과 짧은 문장으로 소통하려면, 시와 같은 문학이 유용할 수도 있을 겁니다. 시인이 긴 시간 공을 들여 만들어 놓은 시는 짧은 문장으로 어떤 감정을 묘사할 수 있는지 잘 보여주기 때문입니다.

간절한 마음은 엽서나 편지에 쓰고 보내보시길 권합니다.

요즘에는 간절한 마음을 표현하는 방식으로 손글씨 편지가 이용되더군요. 물론 그것만이 진정성 있다는 말은 아니지만, 그래도 컴퓨터나 문자를 통한 메시지보다는 사람들에게 마음이 잘 전달됩니다. 시대가 변해도 변치 않는 가치는 역시 간절한 사람의 마음이고, 그걸 잘 표현하는 방법이 엽서나 편지입니다. 때론 고인이 된 분에게 엽서나 편지를 손글씨로 쓰는 건 어떨까요?

세상을 먼저 간 사람들에게 쓰는 편지처럼 정직한 글은 없습니다. 살아서는 할 수 없었던 말이나, 해주고 싶었던 일들을 담담하게 적다 보면 뭔가 보이는 게 있습니다. 그것이 바로 마음입니다. 마음을 어떻게 보느냐고들 이야기하지만, 마음을 보는 방법이 바로 글쓰기입니다. 글쓰기는 내 마음을 읽고, 나의 마음을 보고, 쓰다듬고, 외치는 행위입니다. 아무리 간절해도 이루어지지 않는 일들이 참 많습니다. 그래도 간절하면 간절할수록, 전부는 아니라도 어느 정도는 반드시 이루어집니다. 간절한 마음에는 우주를 움직이는 힘이 있기 때문입니다.

Caslano

간절한 마음은 엽서나 편지에 쓰고 보내보시길 권합니다.
시대가 변해도 변치 않는 가치는 간절한 사람의 마음이고,
그걸 잘 표현하는 방법이 엽서나 편지입니다.

Brücke und Schneeberg

마음을 어떻게 보느냐고들 이야기하지만, 마음을 보는 방법이 바로 글쓰기입니다.
글쓰기는 내 마음을 읽고, 나의 마음을 보고, 쓰다듬고, 외치는 행위입니다.

11. 신발과 맨발의 마음

10년이 지났다는 건……, 지금 나에게 어떤 의미일까. 뜬금없이 이런 생각을 하게 된 것은 갑자기 등산화 밑창이 떨어져 나간 후였습니다. 10년 전에 산 등산화는 새 신발처럼 깨끗하더군요. 많이 신지를 않아서 그런 겁니다. 오랜만에 그 등산화를 신고 검단산에 가는 길에 덜그럭거리는 소리가 나서 바닥을 보니……, 이미 한쪽 밑창은 떨어져 나간 후였고 한쪽은 덜렁거립니다. 다시 집으로 되돌아오는 길에 인적 드문 산책길 길바닥에 떨어져 있는 밑창을 주워 패잔병처럼 귀가합니다. 신발이 없어서 가고 싶은 곳을 못 가고 말았습니다. 신발이 없으면 맨발로 걸어가야 하는데……, 요즘 같은 시대에 맨발로 갈 수 있는 곳이 얼마나 될까요. 그래서인지 맨발은 고된 길을 걸어가는 삶의 상징처럼 여겨집니다.

맨발은 사람이 걸어야 하는 고행길의 상징이기도 합니다. 오늘도 신발을 신고 고된 삶을 살다가 집에 돌아와 맨발을 내밀고 휴식을 합니다. 신발과 맨발은 같은 발처럼 서로 밀접한 관계가 있습니다.

신발은 밑창인 솔(sole)과 발을 보호하는 어퍼(upper)가 결합된 구조입니다. 솔과 어퍼를 연결해주는 몰딩 부분이 부실하면 떨어져 나갑니다. 겉으로는 멀쩡한데 신고 몇 걸음 걸으면 하중을 견디지 못하는 모양입니다. 이런 신발은 솔이 아무리 견고해도 무용지물입니다. 사람과 사람은 솔과 어퍼처럼 연결되어 있습니다. 아니 온 우주가 이러한 관계로 연결되었다고 해도 그리 과언은 아닐 겁니다.

갈 길을 가고 있는데 신발의 솔이 갑자기 떨어져 나가는 것처럼 아는 사람에게 황당한 일을 당하기도 하지요. 전혀 예상하지 못한 일로 뒤통수를 맞으면 분한 마음이 참 오래갑니다. 오늘도 이런 일이 있었어요. 무작정 자유로를 달려 임진강변에 차를 세우고, 흐르는 거센 강물을 봅니다. 상한 마음을 다스리려고 이리저리 강이 보이는 산책길을 따라 걸었습니다. 나지막한 야산에 올라가 멀리 보이는 북녘 땅을 보면서 경전을 읽듯이 마음을 다스렸습니다. 상한 마음에 자연만큼 좋은 치유책은 없습니다.

산행을 거듭하면서 10년 전 등산화 생각이 났고, 10년 만에 다시 등산화를 꺼내 신었는데 밑창이 떨어져 나간 겁니다. 그때 '당신은 잠시 신발을 잘못 신은 겁니다. 아주 오래된 낡은 신발입니다. 이건 누구 잘못이 아닙니다. 그 인간 너무 미워하지 마세요. 불쌍한 인간입니다'라는 말이 내 마음속에 울리는 거예요. 세상에 나쁘기만 한 일은 없습니다. 상처 때문에 강을 보며 걸었습니다. 그때 내 마음에서 배운 것을 몇 가지 정리해보겠습니다.

사람은 공부하는 존재이고, 지식은 위대한 힘입니다. 우리 모두가 기억하는 프랜시스 베이컨의 'scientia est potentia(아는 것이 힘이다)'란 말은 '진리'입니다. 공부를 안 하면 맹목적인 사람이 될 위험이 있습니다. 사람이 돈을 벌고 권력이 생기면 아집이 생겨서 세상만사를 우습게 여깁니다. 험한 길을 걸어가는 거지요. 삶은 걸어가는 도정에 있습니다. 어떤 목적지를 향해 걸어가는 것 같지만, 삶은 유한하기 때문에 결국 걸어가는 것 자체가 삶이 됩니다. 그 길을 찾기 위해서 공부를 하는 겁니다. 공부를 안 하면 갈 길을 모르고 천방지축이 됩니다. 산길을 잘못 들면 이리저리 헤매다 갑자기 밀어닥친 어둠 속에서 사고를 당하기도 합니다.

사람은 잘 걸어야 합니다. 산길을 걷다 보면 새소리가 들려와 잠시 걸음을 멈추기도 합니다. 주위를 둘러보면 아무도 없지만, 그 순간에 나를 볼 수도 있습니다. 고독한 렌즈를 통하여 작았던 내가 확대됩니다. 작가라면 당연히 문장이 좋아지겠지요. 그동안 내 문장이 빈약한 것은 잘 걷지를 않아서라는 사실을 최근에 깨달았습니다. 좀 늦은 감은 있지만, 좋은 문학과 문장에 때가 어디 있겠는가, 이제부터라도 좋은 문장을 쓸 수 있다면 좋은 거라고 자위합니다.

산길을 걸어가다 보면 정상 직전에 '깔딱고개'가 나오기 마련입니다. 가파른 언덕을 계속 올라가다 보면 숨이 턱밑까지 차오르는 지점이지요. 이런 오르막길을 올라가는 방법은 정상을 보지 말고 신발을 보면서 걸어가는 겁니다. 흙투성이 신발을 보면서 한 발자국씩 힘차게 걷다 보면 어느새 정상 부근까지 가 있습니다. 사람은 시선을 어디를 두느냐에 따라 심리상태가 달라집니다. 힘들 때 턱을 치켜들고 높은 곳을 올려다보면 더 힘들어요. 왜 그럴까 싶은데 아마도 그 거만한 자세 때문은 아닌지 모르겠어요. 산에서는 겸손해야 합니다. 마치 신전을 오르듯이 자세를 낮추어야 합니다. 실제로 외국의 어떤 신전은 급경사로 계단을 만들어서 사람이 서서 걸어갈 수 없는 구조로 되어 있다고 합니다. 손과 발로 기어서 올라가게 만든 겁니다. 이런 신전의 건축구조는 자연신인 산을 모방한 겁니다.

삶도 마찬가지입니다. 대상을 바라보는 시선이 매우 중요합니다. 사람을 바라볼 때도 상대의 눈 아래를 바라보는 것이 좋다고 합니다. 산을 오르는데, 산 정상을 정복하겠다고 씩씩대고 걸어가다 중간에 자빠지거나, 돌부리에 걸려 다치거나, 심혈관에 문제가 있으면 심장마비에 걸리기도 합니다. 오르기 힘든 길은 오르면서 시선을 내리면 겸손한 자세가 되고, 그 겸손한 자세가 힘든 산행을 견디게 합니다. 너무 힘들면 멈추면 됩니다. 멈추면 그 자리에서 또 보이는 것이 있어요. 이것이 가파른 산을 오르는 저의 지혜입니다.

마지막으로 사람은 사람을 잘 만나야 한다는 사실을 알게 됩니다. 여기에서 '잘'이라는 관형사는 좋은 사람을 만나라는 의미가 아닙니다. 좋은 사람, 나쁜 사람은 바로 '나'에 의해서 규정되는 개념일 뿐입니다. 내가 누구냐에 따라 타인이 좋은 사람도 되고 나쁜 사람도 됩니다. 결국 내가 문제라고 생각하면 좀처럼 용서할 수 없었던 일도 가볍게 대할 수 있습니다.

신발은 나에게 걸어가야 할 곳을 걸어가게 하는 고마운 친구이자, 때론 부처처럼 인생의 밑바닥을 응시하면서 각박한 현실을 알려주는 몸 가장 낮은 곳에 붙어 있는 눈동자입니다. 신발은 고통받는 중생들의 어려움을 응시했던 부처의 눈이라고 생각하면서 이제 잡념을 거두어 들이려 합니다.

이 글도 이제 그만 접고 당장 가까이에 있는 산으로 가려 합니다. 괜히 머리가 맑아지고 현명한 사람이 될 것 같습니다. 잠시 행복해집니다.

point

"늙은이는 다만 하나의 보잘것없는 물건, / 막대기에 걸린 헐렁한 옷……." 시인 예이츠가 '늙은이'를 표현하는 기법이 바로 '은유법'입니다. 노인을 사회생활 하기에는 이미 쓸모없는 물건이며 내다 버릴 헐렁한 옷으로 비유(은유)하는 겁니다. 아일랜드 최고의 시인, 예이츠는 '사물의 비유'를 통해 노인들의 절망적 상태를 잘 표현하고 있습니다.

문장의 수사법 중에서 은유는 직유와 더불어 기본적인 비유법입니다. '비유'란 사전적 의미의 단어가 그 단어 고유의 의미에서 벗어나 어떤 특별한 의미나 효과를 얻기 위한 언어 표현방식입니다. 즉 비유를 통하여 원래 단어가 다른 의미와 연결지점을 갖게 됩니다. 예이츠의 시에서도 보듯이 '늙은이'는 나이 든 사람을 낮추어 표현하는 단어입니다. 이 단어를 '보잘것없는 물건'이라고 비유하면 뜻밖에 예상조차 하지 않았던 다른 연결지점을 갖게 됩니다.

내가 시인을 사랑하는 이유는 내가 시인이기 때문만은 아닙니다. 그보다 나는 시인들의 시 속에 나타난 비유를 통하여

여태 몰랐던 다른 지점을 알게 되기 때문입니다. 비유법을 통하여 이전에는 미처 생각하지 못한 삶의 새로운 의미와 표현을 획득하게 되는 거지요. 혹은 뭔가 간질간질하게 떠오르지 않았던 의미가 밝아지면서 새로운 표현이 탄생합니다. 이러한 표현이 적당한 것인지는 다른 문제입니다. 일단 노인이 헐렁한 옷이라는 것 자체가 울림이 있습니다. 비유는 문학작품에 한정되지 않습니다. 신문 기사에서 광고 문안까지 다양한 스펙트럼을 갖고 있습니다. 짧은 문장에 상품의 특성과 가치를 제시하면서 고객을 유혹하는 광고 문안에 인상적인 비유법이 등장하기도 하지요.

학자들은 비유를 두 종류로 구분합니다. 단어의 문자적 의미에 확연한 변화를 가져오는 비유, 단어와 문장의 유기적 배치를 통하여 특별한 효과를 가지는 비유입니다. 전자를 '의미의 비유', 후자를 '말의 비유'라고 합니다. 의미의 비유는 직유, 은유, 상징, 환유, 제유, 활유, 풍유, 인유, 성유 등이 있습니다. 말의 비유에는 도치, 과장, 대조, 열거, 반복, 영탄, 반어, 역설, 모순어법 등이 있습니다. 의미의 비유는 이미 위에서 설명되었고, 말의 비유는 아래와 같습니다.

　이 세상에서 제일 먼 길은

앞이 안 보이는 가까운 길이다.

이 세상에서 '제일 먼 길'과 '앞이 안 보이는 길'은 같은 길을 서로 다르게 표현한 모순어법이고, 그것이 제일 가깝고 멀다는 역설적인 표현을 하고 있습니다. 두 문장으로 대조를 합니다. 길이 멀다는 것을 강조할 뿐, 단어에 특별한 의미변화는 없습니다. 이런 경우가 말의 비유입니다. 이 구절로 의미의 비유를 만들어볼까요. 예를 들어 '세상의 길들은 인체의 뼈처럼 단단하고 길다. 그것은 보이지 않아서 너무 멀다'라고 쓸 수도 있을 겁니다.

길을 '인체의 뼈처럼'이라는 직유를 통하여 표현되어 단어의 비유인 '의미의 비유'가 됩니다. 이 두 가지를 잘 새겨두면 혼란을 피할 수 있을 겁니다. 비유법을 의식하면서 문장을 쓰지 않아도 상관없습니다. 하지만 비유법에 대한 개념 정리를 통해 문장을 만들어가면 쓰고자 하는 표현이 더 풍부해질 겁니다. 어떤 문장을 쓰고 나서, 조금 더 적절한 비유법을 찾아내는 것이 고통스럽지만, 잘 만든 비유가 있는 문장을 읽는 독자는 행복해집니다.

Sonnenblumen und Brunnenkresse vor der Casa Hesse

이 세상에서 제일 먼 길은
앞이 안 보이는 가까운 길이다.

12. 그날의 마음
'야반도주, 어느 걱정스러운 날의 기록'

한밤중에 시동을 걸어놓고 집 앞에서 대기하던 이삿짐 트럭. 어서 차를 타라고 재촉하던 부모님의 모습과 간헐적으로 들려오던 트럭의 엔진소리와 기름 냄새까지 아직도 생생합니다. 가구에 붙어 있는 빨간 압류 딱지가 악마의 불길처럼 타오르고, 우리는 막연한 불안감에 초조한 눈빛으로 서로를 찾았습니다. 아버지의 사업 실패가 몰고 온 파장은 의외로 심각했습니다. 식구들은 무거운 마음으로 야반도주를 했습니다.

생을 되돌아보면 불안한 순간이 잘 지워지지 않습니다. 아무리 생각을 말자고 다짐해도 별 소용이 없어요. 그때 우리 집이 왜 야반도주를 했는지, 그 이후에 부모님들이 어떤 고생을 했는지, 야반도주해서 식구가 어디로 갔는지도 잘 기억나지 않아요. 오히려 야반도주하기 전에 우리를 기다리던 트럭의 엔진소리와 불안해 보이던 식구들의 표정이 강력하게 남아 있습니다. 그 걱정스러운 표정들이 내 마음에 눈물처럼 맺혀 있습니다. 그게 아직도 시원하게 뚝 떨어지질 않습니다. 눈물의 속성이 그러하듯이, 어느 날 자연스럽게 떨어지겠지요. 세상에 영원한 고통은 없는 법이니까요.

야반도주……, 내 성장기에 옹이처럼 가슴에 박혀 있는 상처. 그중에서도 걱정의 포로가 되어 있는 아버지, 마음에 도둑이 들어와 혼이 나간 듯한 아버지의 얼굴. 자책으로 일그러진 표정엔 심야의 달빛이 조용히 스며들고 있었습니다. 거기에다 어머니의 울음소리까지. 사춘기였던 동생 녀석은 그전에 집을 나가버렸습니다. 참 걱정스러웠던 날들이었습니다. 아버지에게 다시 이 이야기를 들려드리면 뭐라고 하실까. 아마도 희미하게 미소 지으면서 '그래 사는 게 다 그런 거지, 살면 살게 된단다. 너도 지금 조금 어렵다고 너무 걱정하지 말아라'라고 하지 않을까 싶습니다.

그때 야반도주를 하던 중년의 가장은 이미 세상을 떠났습니다. 고등학생이었던 두 아들이 중년의 가장이 되었고, 그들의 자식이 성인이 되었습니다. 그 걱정스러운 날은 지나갔지만, 여전히 자잘한 걱정들이 길거리의 돌멩이처럼 널려 있습니다. 아내가 자는 모습을 보고 갑작스럽게 왜 야반도주 생각이 나는 것인지. 소쩍새 울음소리가 들리는 뒷산을 배경으로 달님도 별님도 찬란합니다. 걱정이 밤하늘처럼 넓고 깊어도 말입니다. 밤하늘 달님과 별님이 깊은 위안을 줍니다. 새삼 오늘 같은 날은 밤이 참 깊습니다. 그 깊이는 달님과 별님과 나의 거리이기도 합니다. 그것은 그리움의 깊이입니다. 갑자기 오래전에 돌아가신 아버지가 사무치게 그립습니다.

문학비평가인 라이트는 문학은 말과 글로 이루어지며, 작가에 의해 구성되며, 페르소나에 의해 말해진다고 했습니다. 현실의 화자와 문학작품 속의 화자는 어떤 관계가 있을까요. 앞에 쓴 산문은 나 원재훈이라는 사람이 쓴 것입니다. 산문의 화자는 당연히 '나'로 말해지는 원재훈입니다. 하지만 글 속의 화자인 원재훈은 현실의 원재훈은 아닙니다. 심지어 진술서나 자기소개서를 쓸 때도 글 속의 화자와 현실의 나는 다른 존재입니다. 내가 글에서 표현되는 순간 그것은 분명히 나이면서 내가 아닌 나가 되기 때문입니다. 즉 나의 어떤 부분 ― 때로 나의 전체, 나의 숨겨진 욕망까지도 포함된 나의 절망스럽고 못난 점 모두를 ― 을 쓸 따름입니다. 사실, 그것이 중요합니다. 나라는 대상에 어떤 부분을 이해하고 말한다는 것, 시가 세상을 보여주는 방식이기도 합니다.

문학작품 속에는 시적 화자와 서사 화자가 있습니다. 시적 화자는 시가 '창조적 허구'이기에 여러 모습으로 나타납니다. 일반적으로 내가 화자로 등장하는 경우, 제삼사가 등장하는 경우, 화자가 숨어버린 경우가 있습니다. 소월 시를 예로 들어보겠습니다.

나 보기가 역겨워
가실 때에는
말없이 고이 보내드리오리다.

—「진달래꽃」

우리 두 사람은
키 높이 가득 자란 보리밭, 밭고랑 우에 앉아서라
일을 필하고 쉬는 동안의 기쁨이여
지금 두 사람의 이야기에는 꽃이 필 때

—「밭고랑 우에서」

접동
접동
아우래비접동

진두강 가람가에 살던 누나는
진두강 앞 마을에 와서 웁니다.

—「접동새」

산에는 꽃피네

꽃이 피네

갈 봄 여름없이

꽃이 피네

—「산유화」

위에 인용한 시들은 위에서 아래 순서대로 나, 우리, 접동새, 숨어 있는 화자 순으로 화자가 구성되어 있습니다. 「밭고랑 우에서」의 화자인 우리는 소월과 그의 아내입니다. 전체적으로 이별과 아픔의 정서가 스며 있는 소월의 시에서 아내가 등장해 환하게 밝은 모습을 보여주는 시이기도 하지요. 「접동새」는 죽은 누나가 화자입니다. 죽은 누나가 접동새가 되어 우는 소리인 접동, 접동을 반복하면서 비애감을 드러냅니다. 「산유화」는 특별한 화자가 등장하지 않고 숨어 있습니다. 소월이 쓴 시임에도 불구하고 시적 화자는 다양한 모습으로 등장하고 있습니다. 나, 우리, 누나, 아무도 없는 상태 등으로 말입니다. 그리고 한 편의 시에 두 명의 인물이 등장할 수도 있습니다.

낙첨된 복권을 찢어버리듯 오늘 하루도 갔다.

아무리 축축해도 며칠이 지나면

다 마른단다.

무겁게 젖어 있어도……, 햇볕이 있으니

얼마나 좋으냐

슬픔은 온종일 비에 젖어 축 처진 외투 같은 것

신발 같은 것, 잘 빨아서 널어놓으면

모든 게 좋아진단다.

— 원재훈, 「괜찮지 않아도 괜찮아」

이 시에 특별한 언급을 하지는 않았지만, 첫 연은 자식으로 연상되는 사람이 낙담하는 모습이고, 다음 연부터는 부모로 연상되는 그 사람이 달래주는 구성으로 되어 있습니다. 언젠가 어머니가 하신 말씀을 시로 다듬어본 건데요. 어려운 시절, 야반도주하고 무척 고생하신 어머니의 연륜이 느껴지는 말씀을 시로 만들고 나니 기분이 조금은 좋아지더군요. 이렇게 시적 화자는 다양하게 구성할 수 있습니다. 서로 다른 입장을 가진 100명의 인물이 등장하는 시도 가능합니다. 재주만 있으면 말입니다. 언젠가 제가 한번 시도를 하려고 하는데, 잘될지는 모르겠습니다.

시적 화자가 다양한 이유는 한 시선만으로는 다면적인 나를 표현할 수 없기 때문입니다. 아마도 당신은 다양한 모습으로 변신하고 싶을 겁니다. 현실이 허용하는 범위는 너무나 한정적이기 때문이지요. '도대체 내가 뭘 할 수 있을까'라고 좌절하기보다는 '내가 이건 할 수 있잖아'라는 용기와 힘이 필요하지요. 아마도 당신에게는 이런 용기가 이미 충만하겠지요.

그걸 시로 풀어보세요. 시는 또 다른 현실입니다. 시가 미래나 과거를 다루는 것처럼 보여도 그것도 결국 시적 현실입니다. 이 순간에 드는 내 감정을 표현하는 방식이 다양합니다. 이렇게 다양한 화자가 되어 이 거칠고 건방진 세상에 나 자신의 당당한 모습을 보여주세요. 시에서 화자가 된 나 자신은 뭐든지 할 수 있습니다.

선물

그녀가
푸른 하늘을
나에게 선물했다
구름처럼 가벼운 신발을 만들어 신었다
이제 먼 길을 가야 한다.

그녀가
별 하나를
온 하늘에 선물했다,
어두운 세상이
조금 밝아지면서 갈 길이 보인다.

그녀가
빗방울을
메마른 대지에 선물했다,
시간의 병에 담아,
땀 나고 목마를 때마다 달게 마셨다.

사막을 건너고 있다
그녀에게 받은 선물로
가는 길, 그녀에게 선물을 주고 싶어
사랑으로 가는 길이 참 멀다.

13. 사막의 마음

자기의 가장 가까이에 있는 사람을 미워한다는 사실, 자기의 가장 가까이에 있는 사람으로부터 미움받는다는 사실은 매우 불행한 일입니다. 더욱이 그 미움의 원인이 자신의 고의적인 소행에서 연유된 것이 아니고 자신의 존재(存在) 그 자체 때문이라는 사실은 그 불행을 매우 절망적인 것으로 만듭니다. 그러나 무엇보다도 나 자신을 불행하게 하는 것은 내가 미워하는 대상이 이성적으로 옳게 파악되지 못하고 내 욕심이나 시기 질투 때문에 그릇되게 파악되고 있다는 것, 그리고 그것을 알면서도 증오의 감정과 대상을 바로잡지 못하는 자기혐오에 있습니다.

『신영복의 엽서』라는 책을 봅니다. 내 존재 자체가 타인에게 증오의 대상이 된다면 얼마나 끔찍한 일입니까? 목숨이라도 바칠 것 같았던 연인이 그 대상이 된다면? 때로 내 목숨보다도 귀한 자식들이 그 대상이 된다면? 또 어머니와 아버지가 그 대상이 된다면? 이러한 인연의 고리에서 벗어난 사람들, 불특정 다수가 전부 바이러스 덩어리로 인식되고 마치 수인들이 여름날에 '말초감각에 의하여 그릇되게 파악되고 있는' 상태가 된다면 세상은 참으로 비참합니다.

코로나 시대에는 교도소가 아닐지라도 인간관계가 이러한 상태가 될 수도 있습니다. 교도소는 사회와 격리가 된 공간이기에 사정이 다를 수도 있지만, 온 세상이 격리된 상태가 된다면 그게 무섭습니다. 지금 사회적 거리를 두는 것은 좀 더 밀접한 관계를 맺기 위한 일종의 연대입니다. 서로 신뢰하기에 맺을 수 있는 관계 설정이고, 한시적인 현상입니다. 즉 이 사막을 건너면 오아시스가 나온다는 믿음에 근거합니다.

프랑스 시인 오스팅 블루의 「사막」이라는 시가 한때 널리 유행했지요. "그 사막에서 그는 / 너무 외로워 / 때로 뒷걸음질로 걸었다 / 자기 앞에 찍힌 / 발자국을 보려고." 사막을 걸어가다가 너무나 외로워, 잠시 멈추고 자기 발자국을 확인한다는 하이쿠와 같은 시입니다. 이 시에 찍힌 사람의 발자국은 정말 외로움의 극단적인 모습입니다. 시적 화자가 얼마나 외로울까 생각해보면 고통스럽습니다. 비록 한 사람의 발자국이 사막의 모래에 찍힌 것이기도 하지만, 이건 바이러스로 초토화된 도시를 걸어가는 우리들의 발자국이기도 합니다. 사회적 거리 두기가 계속되면서 우리 주위에 사막화 현상이 일어나고 있습니다.

코로나 사태가 진정되어도 오래전부터 전통적으로 내려온 보이지 않는 격리 현상은 계속될 겁니다. 이러한 격리 현상은 비단 코로나 시대의 문제가 아니라는 데 심각함이 있습니다. 그것은 이미 오래전부터 우리 사회에 만연해 있었습니다. 바로 인종차별을 비롯한 차별행위들이지요. 인간의 이기적 유전자가 가지고 있는 오만과 편견이지요. 그것이 정말 두렵고 무서운 겁니다.

코로나 사태는 오히려 우리 국민을 결속해주는 면도 있습니다. 이 질병은 분명히 어느 시기에는 물러갈 겁니다. 하지만 더 강력한 바이러스가 창궐할 수도 있을 겁니다. 아마 그때도 우리는 살아나갈 겁니다. 다가오는 질병을 줄기차게 물리치면서. 이러한 사막에서 살아가는 법이 있을까? 일요일 사무실에서 내려다본 보도의 풍경에서 그 방법을 찾아봅니다. 젊은 부부가 마스크를 쓰고 유모차를 끌고 걸어갑니다. 저 아름다운 가족들처럼 내 손을 잡을 사람이 우리 주위에는 얼마든지 있습니다. 한 사람이든 두 사람이든 그들의 손을 꼭 잡고 조심스럽게 사막을 걸어가는 낙타처럼 걸어가는 겁니다. 그러다 보면 길이 나올 겁니다.

Stuhl mit Büchern

손을 꼭 잡고 조심스럽게,
사막을 한 걸음 한 걸음 걸어가는 낙타처럼 걸어가기.

point

시의 국면과 관점에 대해서 생각해보겠습니다. 시는 일반적이고 실용적인 국면으로부터 구별됩니다. 사막 모래의 연구 논문은 실용적 국면이지만, 사막의 모래를 고독감으로 바라본다면 심미적 국면입니다. 사막은 여러 부분으로 이루어진 전체이기 때문에, 국면과 관점은 스스로 정해야 합니다. 나는 사막의 이런 면을 쓰겠다고 결정하는 순간입니다.

세상에는 수많은 대상이 있을 겁니다. 시인이 그 대상을 바라본다면 그것은 시적 대상이 됩니다. 학자가 바라본다면 논문의 대상이 됩니다. 학자의 연구와는 달리 이 대상을 감지(感知)하는 능력이 뛰어난 사람을 시인이라고 부릅니다. 문예학적으로 '감지'를 미적 태도라고도 합니다. 즉 어떤 대상에 심미적, 심리적 거리를 두고 바라보는 시인의 태도이기도 합니다. 이것은 과학적 태도가 아니라, 감각적, 감정적 기능이 활발한 태도이지요. 우리 주위에 있는 흔한 사물도 보는 시인에 따라 달라집니다. 감지 능력은 대상에 대한 관점에서 발현됩니다.

시에서 대상의 국면을 바라보는 관점은 관념적 관점과 실재적 관점이 있습니다. 실제적 관점은 구체적 현상을 통해 전체를 파악하려는 태도입니다. 관념적 관점은 구체적 현상보다는 개괄적 입장에서 대상을 나름대로 파악하려는 태도입니다. 예를 들자면 유치환의「깃발」같은 시가 관념적 관점으로 쓴 시입니다. 깃발의 모양이나, 색깔, 종류 등 구체적 현상보다는 그 대상이 주는 느낌을 개괄적 입장에 표현합니다. 하지만 실제적 관점은 다르지요. 예를 들자면 아래와 같습니다.

늦은 저녁이다.
열한 시가 넘어가고 있다.
나는 밥 한 그릇을 앞에 놓고
아내는 부엌에서 두부를 튀긴다.
프라이팬을 올리고
기름 두르고
도마에 또각또각 두부를 네모나게 썬다.
탁자에서 우두커니 밥을 내려다본다.
배고프다.

이 시는 두부의 의미를 추구하지 않습니다. 누부라는 사실을 선택적으로 가시화하여 두부에 대한 우리의 정서를 증폭

시킵니다. 이 시를 보니 갑자기 배가 고프네요. 오래전에 이 시를 썼을 때의 감각이 살아나기 때문입니다. 그리고 다음 연을 보겠습니다. 다음은 관념적 관점으로 접근한 겁니다. 시 한 편에 같은 관점만 유지하라는 법은 없습니다. 시인의 마음에 따라 두 관점을 나란히 배열하기도 합니다.

> 파란 가스 불꽃이 솟아오르고,
> 두부가 튀겨진다
> 쏴아, 비 오는 소리가 들린다.
> 빗속에서 누군가 걸어와 방문을 노크하는 것 같다.
> 내 배고픔을 달래줄
> 고마운 분이
> 하얀 얼굴을 한 분이
> 땀 흘리며 먼 길을 걸어오셨다.
> 바로 여기에 오셨다.
> 땅이여, 하늘이여 고맙습니다.
>
> ─ 원재훈,「두부튀김」

이 시의 두 번째 연의 관점은 위에 인용한 첫 연에 근거한 관념적 관점입니다. 첫 연이 실제적 관점의 사실적 묘사라면, 두 번째 연은 첫 연에 근거한 관념적 관점의 해석입니다.

두부라는 음식에 대한 고마운 마음을 여러 장치를 통해서 해석합니다. 두부가 신처럼 인식됩니다. 관념적이지요. 이렇게 나란히 두고 보니 그 차이점이 잘 드러나는군요.

인생은 실제하는 것일까요. 관념적일까요. 보는 관점에 따라 다른 겁니다. 정답은 없습니다. 아마도 두 가지가 뒤섞여 있겠지요. 이러한 관점을 염두에 두고 사물을 바라보고, 사회 현상을 직시합니다. 세상은 굉장한 복잡한 국면으로 이루어졌기 때문에 내가 보는 국면과 관점에 따라 삶이 완전히 달라지기 때문입니다.

14. '공이 멈추어 선 자리'의 마음

동네 공원에서 터진 축구공을 발견했습니다. 슬슬 다가가 발로 툭 차보니 잘 굴러가지도 않아요. 이건 축구공인데. 어쩌다가 여기까지 와서 저 지경이 되었을까 생각하니 가슴이 애잔해집니다. 오래전에 버려진 듯한 공의 이력은 어떠했을까? 운동장에서 터트릴 듯이 차고 던지고 또 차고 했던 그 시절이 지나고……, 공의 이음새가 벌어지고, 바람이 빠지고 드디어 이곳에서 멈추었을 겁니다. 공은 그때 침묵했고, 지금도 침묵하고 있어요. 저 침묵을 어떻게 써야 할까요.

수만의 함성과
험악하고 강력한 발들이 차다가,
차다가 끝내 터뜨리지 못해 놓고 간

침묵 한 덩이

이영광 시인은 시 「공」에서 축구가 끝난 운동장에 놓인 공을 보고 있습니다. 사람들은 축구가 끝나고 나서 공을 잘 보지 않을 겁니다. 경기가 끝나면 공처럼 외로운 존재도 없을 겁니다. 시인은 그 장면을 포착합니다. 공을 터뜨리려고 차지는 않습니다. 공을 찬다는 것은 자신이 원하는 장소로 공을 보내기 위해서이지요. 거기에서 힘이 나옵니다. 공이 골대를 향해 굴러가는 힘은 이렇게 볼 수도 있을 겁니다. 슈팅은 응원하는 관중의 환성에 달려가는 선수의 발과 공 자체의 침묵이 만나 도달한 어떤 지점입니다. 슛하는 그 지점이 적당하면 골이 터지고, 그 지점이 어긋나면 허탕입니다. 위대한 선수들의 영광은 언제나 공의 침묵에서 시작됩니다. 공은 묵묵히 우리를 지켜보는 침묵하는 신과 같습니다.

언제부터인가 '공'이 달리 보입니다. 뭐든 관심을 가지면 애정이 생기는 모양입니다. 동네 운동장에 터진 공을 보면서 갑자기 허전하군요. 그 위대한 침묵이 빠져나간 자리는 은퇴한 축구 선수의 뒷모습 같기도 합니다. 아무리 영광의 시절을 누려도 바람 빠진 공처럼 될 때가 있지요. 그런 거지요. 동네 운동장을 배경으로 번지는 장엄한 일몰은 터진 공에서

뿜어져 나오는 처연한 기운처럼 느껴집니다. 일몰은 태양이라는 공이 지상으로 떨어지면서 터져버린 것은 아닌가. 세상 모든 영광은 침묵으로 돌아갑니다. 하지만 그 침묵에서 또 함성이 터집니다. 삶이 빵빵한 공처럼 데굴데굴 잘도 굴러갈지라도 언젠가 그것이 멈추는 날이 오겠지요. 터진 공은 그런 모습을 조용히 보여주고 있었습니다.

나무들은 서로 적당한 거리를 두어야 잘 자랍니다. 나무와 나무가 너무 가까이에 있거나 너무 멀리 있다면 울창한 숲을 이룰 수 없습니다. 시 역시 마찬가지입니다. 어떤 대상이나 생각을 쓰고 싶다면, 나무가 적당한 거리를 유지하듯이 적당한 거리 조정이 필요합니다. 거리감이 지나치게 멀거나 가깝다면, 좋은 문장이 나올 수 없겠지요. 문장에서 너무 가까운 거리란 무엇일까요. 그것은 지나치게 감정적으로 대상에 접근할 때 나타납니다. 심리적으로 감정의 과잉 상태가 되면, 대상의 본질을 파악하지 못하고 피상적으로 대상에 접근하게 됩니다.

대상을 정확하게 인지하지 못하고 감정적으로 밀착된 상태의 문장은 독자에게 감동을 줄 수 없을 겁니다. 가수가 슬픈 노래를 부를 때 엉엉 울면서 부른다면, 그 노래가 제대로 들릴 수 없습니다. 반대로 심리적 거리가 너무 멀리 있다면, 교감이 이루어지지 않고, 수박 겉핥듯이 무심하게 본질을 지나치는 것입니다. 마치 학위 논문이나 제품 사용설명서 같은 느낌이 들겠지요. 이건 시가 아닙니다.

좋은 시는 대상을 표현할 때 적당한 심리적 거리를 유지합니다. 이영광 시인의 시 역시 시적 화자가 공을 바라보는 심리적 거리가 적당합니다. 지나치게 감정적이지도, 피상적이지도 않습니다. 이것은 아주 미세한 작업이기도 합니다. 돋보기가 종이를 태우려면 태양과 적당한 거리를 두어야 합니다. 좋은 글은 태양 빛을 받아 종이를 불태우는 돋보기처럼 대상과 적당한 거리 조정을 하고 다가가는 겁니다. 독자는 거리 조정에 성공한 글에 감동합니다.

인용한 시에서 공과 화자의 거리감은 아주 적당합니다. 만약에 시인이 공을 코앞에 두고 보거나, 관중석에서 뚝 떨어져 봤다면 다른 시가 나왔을 겁니다. 시인이 대상을 어떻게 보느냐에 따라 다른 시가 나오기 마련이지요. 시인이 적당한 거리에서 축구공을 보듯이, 조금은 적당히 떨어진 거리에서 타인을 바라봅니다. 오대산 월정사 길을 걸으면서 나무가 적당한 간격으로 심어져 자라는 모습을 보고 이런 생각을 했습니다.

숲속에서 향기에 취해 길을 걸으면
나무가 자라는 소리가 들리곤 한다.
나무들은 그리움의 간격으로 서 있다.

그대는 지금 어디에 서 있기에
이토록 그리운 것일까?
나무가 서로를 그리워하는 거리
만날 수 없는 거리
아마도 그대는 그쯤에 서 있을 거야
울창한 숲속의 나무는 그리움의 간격으로 서 있었다.

15. 푸른 지팡이의 마음

'그저……, 불행하지 않은 게 행복한 거다.' 그가 늘상 입에 담고 있던 말이었습니다. 그는 이젠 너무 멀어져버린 사람입니다. 그는 영화감독으로 첫 영화를 준비하다가 뇌졸중으로 쓰러져버렸습니다. 인생은 참 알 수 없는 겁니다. 시나리오를 보면서 마을버스 기사 역을 나에게 주겠다고 했는데…….

'행복 없이 사는 법'을 강조했던 그답지 않게 그는 그때 정말 행복해 보였는데, 감독으로 데뷔도 하지 못하고……. 이런 경우 불행을 생각하게 됩니다. 그래서 가끔은 행복이 뭔가라는 생각을 합니다. '행복이 도대체 뭐냐?'라고 허공에 대고 혼잣말을 합니다. 그때 그의 말이 대답처럼 들려옵니다. 그렇다면 너무 쓸쓸하다는 생각이 들지요. 하지만 저는 위안이 됩니다. 사람은 참 이기적인 것 같아요. 타인의 불행과 대면할 때 느끼는 꼬질꼬질한 안도감이랄까, 마음이 참 아픈데 내가 괜찮으니까 괜찮다는 그런 느낌이 있어요. 하지만 이 안도감이 점점 죄책감을 동반한 불안감으로 바뀔 때가 있습니다. 적어도 이런 안도감이 행복은 아닐 거라는 겁니다.

"저기 저 숲속에 행복을 주는 비밀이 새겨져 있는 푸른 지팡이가 묻혀 있다더라." 러시아 작가 톨스토이는 이 이야기를 듣고 자랐다고 합니다. 톨스토이의 맏형이 자장가처럼 들려주었던 '푸른 지팡이' 이야기입니다. 여기에 등장하는 숲속은 러시아 남부 툴라 근교의 야스냐야 폴랴나 영지입니다. 바로 톨스토이가 태어난 곳이지요. 그는 어머니가 지참금으로 가져온 이 땅을 유산으로 물려받습니다. 어린 시절에 맏형이 들려주었다는 푸른 지팡이 이야기는 아마도 지역 민담으로 전해지는 이야기가 아닐까 싶어요.
사람들은 이 숲을 작가가 뿌리내린 대지이면서 작가의 분신처럼 여깁니다. 그의 문학을 거대한 숲으로 상징하는 의미이기도 하지요. 톨스토이가 그 숲에 숨겨진 푸른 지팡이를 찾아가는 여정이 톨스토이 문학의 본질입니다. 과연 톨스토이는 행복을 주는 비밀이 새겨져 있는 푸른 지팡이를 숲에서 찾았을까? 아마도 그러지 못했을 겁니다. 그는 평생에 걸쳐 푸른 지팡이를 찾고자 했고, 그것을 찾기 위해 말년까지 종교적 생활에 몰두했는지도 모릅니다. 그의 후기 문학은 그리스도의 가르침에 근거한 톨스토이즘(Tolstoyism)이라는 평가를 받기도 합니다. 한 작가에게 위대한 사상가 대접을 하는 경우는 흔하지 않습니다. 아마도 톨스토이가 유일한 작가일 겁니다. 톨스토이 사상의 5계명은 단순합니다.

화내지 말자.
색정을 품지 말자.
맹세로 자신을 구속하지 말자.
악으로 악에 대항하지 말자.
의로운 사람이나 의롭지 못한 사람 모두에게 친절하자.

이것이 톨스토이의 '푸른 지팡이'입니다. 톨스토이가 어려서 들은 행복의 비밀은 대단한 이념도 사상도 아닙니다. 그저 우리가 일상적으로 지켜야 할 덕목일 수 있을 겁니다. 이것이 얼마나 지키기 어려운 일인지 우리는 잘 압니다. 오늘 몇 번이나 화를 내셨고, 몇 번이나 음탕한 생각을 하셨습니까? 허튼 맹세까지는 이야기하지 않아도 될 겁니다. 단순한 것이 아름답다고들 하지만, 단순한 것이 또 얼마나 어려운 것일까요. 복잡한 것은 풀어나갈 시간이라도 있는데, 이건 생각이고 뭐고 할 여지가 없습니다. 지키느냐 마느냐의 문제일 뿐입니다. 우리는 톨스토이가 남긴 문장을 통해서 행복의 비밀을 밝힐 수도 있을 겁니다. 행복은 상대적 개념입니다. 아무런 근거 없이 행복을 절대적으로 여기고 맹목적으로 믿는 순간, 어쩌면 우리는 불행의 늪으로 빠져드는 것은 아닐까요.

글의 시작, 어느 날 갑자기 쓰러진 선배 이야기를 꺼낸 이유가 있습니다. 그 선배는 영화를 준비하면서 너무 행복해 보였기 때문입니다. 비록 영화를 만들지 못하고 중도에 접었지만, 나는 기억합니다. 영화 이야기를 하면서 천진하게 웃는 그의 모습을. 그건 정말 삶의 따뜻함과 신의 은총을 전적으로 믿는 이의 순진무구한 행복한 모습 그 자체였습니다. 그 모습이 나의 푸른 지팡이에 각인되어 있습니다.
톨스토이의 푸른 지팡이는 싱싱하고 좋은 단어입니다. 이제 행복이란 푸른 지팡이라고 나의 사전에 첨가합니다. 행복이란 단어의 의미는 국어사전의 설명에서 출발하지만, 그것을 확장하면 푸른 지팡이가 되기도 합니다. 지금도 러시아 여행을 하면서, 톨스토이의 묘지를 찾는 사람들이 많습니다. 러시아에서 야스나야 폴리냐를 찾는다면, 그의 무덤 주위에는 있을 푸른 지팡이를 찾아보시길 바랍니다.

행복을 지금 내 곁에 있는 사람에서 시작한 다음에 신발이
나 밥 같은 물질에서도 찾아보면 어떨까요. 그리고 독서를
통해서도 가능할 겁니다. 그렇다면 내가 생각하는 행복의 바
구니가 생겨나고, 그 바구니에 행복을 담아간다면 괜찮을
겁니다. 오늘 잘 먹을 과일 하나를 행복 바구니에 담습니다.
그 싱싱한 과일을 깨물어 먹고 오늘을 행복하게 살아보려고
합니다.

point

국어사전 펼쳐 사전에 나오는 다양한 단어들을 읽고 문학적인 자양분을 흡수합니다. 독서나 대화를 하다가 그 뜻이 궁금한 단어를 찾으면 그와 연관된 단어를 살피는 재미도 사전을 보는 재미입니다. 의외로 우리가 흔히 쓰는 단어 중에서 의미가 모호한 것이 있지요. 아니 확실히 안다고 해도 찾아보면 새로운 뜻을 발견합니다. 예를 들어 '사전'이란 단어를 이희승의 국어사전에서 찾아보면 19개의 단어가 나옵니다.

앞의 글은 '행복'이라는 단어에 대한 산문이기도 합니다. 사전적 의미에서 확장된 나만의 의미를 정리하는 겁니다. 어떤 단어를 사전에서 찾아 읽는 것이 일반적 행위라면, 나의 사전을 만들어 기록하는 행위는 창의적 행위가 됩니다. 때론 한 편의 시를 나의 사전에 등록하기도 합니다. 나의 사전에 '전쟁'이라는 단어를 등록했다면, 강감찬 장군의 귀주대첩을 간략하게 적을 수도 있을 겁니다.

이제부터 나만의 사전을 만들어보면 어떨까요. 내가 소중히 여기는 단어를 선택하고, 그 단어를 설명할 제목을 정하고 일기를 쓰듯이 쓰는 겁니다. 이렇게 단어 정리를 하다 보면 문장력이 좋아집니다. 일기 쓰기의 대안으로 제시하는 글쓰기입니다. 그날 혹은 그 주에 한 단어를 선택해서 일기를 쓰듯이 정리하는 방법도 있습니다. 사실 매일 일기를 쓸 필요는 없습니다.

일주일에 서너 번, 혹은 한 달에 한두 번이어도 좋습니다. 일단 선택한 단어의 사전적 정의를 정확하게 인지하고 다음에 나만의 의미를 부여하는 겁니다. 주위에서 상투적으로 쓰는 단어들일수록 좋습니다. 행복, 별, 사랑, 돈, 연인, 봄과 같은 단어들을 우리는 자주 만납니다. 오래된 단어일수록 다양한 해석이 존재하니까, 공부하기도 좋고 창의적인 생각의 디딤돌이 될 수도 있습니다. 물론 신조어 같은 새로운 단어도 좋습니다. 이런 식으로 우리 말을 사랑한다면 어휘력이 늘고, 세상을 보는 안목도 조금은 넓어질 것 같아요.

내가 지금 연애를 하고 있다면, 사랑하는 사람의 이름을 놓고 여러 가지 생각을 정리해보고 싶습니다. 그 이름에서 파생되는 여러 단면을 따로 또 정리하고, 그 단면에서 파생되는 단어를 정리해서 의미를 부여합니다. 그 사람을 엘리스라고 한다면 『엘리스 사전』 정도의 제목을 정해 놓고 작품을 쓰듯이 써볼 것입니다. 연애의 대상은 비록 한 사람이지만, 그 한 사람이 바로 세상입니다.

Certenago

나무들은 적당한 거리를 두고 있어야 잘 자란다.
울창한 숲속의 나무는 그리움의 간격으로 서 있다.
사랑하는 이들도 숲속의 나무처럼 그리움의 간격으로 사랑을 지키고 키워나간다.

16. 섬의 마음

어느 날, 새벽 산책을 하다 백열등이 환하게 켜진 교회 성전을 보곤 문득 기도가 하고 싶었습니다. 교회 문을 열고 들어갔습니다. 번잡한 일상에서 벗어나 온전히 혼자일 수 있는 공간이 텅 빈 성전입니다. 정말 신성한 영혼이 하늘에서 내려올 것 같은 공간에서 두 손을 턱에 괴고 요즘 나를 옥죄던 일들을 떠올립니다. 그러다가 신이시여, 도대체 왜 나에게 이런 ……, 라고 한탄 섞인 기도를 드리려 하는데 옆에서 울음소리가 들리는 겁니다. 그 소리는 마치 나의 기도에 대한 응답처럼 들렸습니다. 어떤 중년의 울음소리였는데 너무나 간절한 느낌이었습니다.

저 여인은 도대체 무슨 사연이 있기에 나보다 먼저 여기에 와서 울고 있는 것인가? 잠시 숙연한 마음이 들었습니다. 그

때, 그 여인과 나 사이에 있는 어떤 공감대가 형성되고 있음을 느꼈습니다. 얼굴도 모르는 어떤 여인과 나 사이에 뭔가가 전류처럼 흐르는 느낌도 들었습니다. 먼지 떨어지는 소리마저 들릴 것 같은 성전은 푸른 바다처럼 넘실거리는 시간의 파도를 몰고 있었습니다. 그러다가 바람 한 점 없는 고요한 바다가 펼쳐지고, 그녀의 울음소리는 마치 망망대해에 떠오른 섬과도 같았습니다.

정현종 시인은 "사람들 사이에 섬이 있다 / 그 섬에 가고 싶다"고 노래합니다. 읽는 이에 따라 다양한 해석이 가능할 겁니다. 적어도 섬은 사물이 아닌 것으로 여겨집니다. 사람들 사이에 있는 섬은 독도나 울릉도처럼 가시적 공간이 아닙니다. 이것은 우리 사이에 있는 어떤 것, 예컨대 사람들 사이에 있는 오염되지 않은 순수한 상태를 의미하는 건 아닐까요. 영국 시인인 존 던(1574~1631)은 "인간은 아무도 섬이 아니며, 그 자체로 완결할 수 없다. 모든 인간은 대륙의 한 조각이요. 본토의 일부분이다"라는 문장을 남겼습니다. 복잡한 관계망 속에서 살아가는 인간을 이해하는 데 많은 도움이 되지요. 하지만 정현종 시인은 다른 방식으로 인간을 바라보고 있습니다. 사람들 사이에 무형의 섬이 있다는 겁니다. 그 섬은 무엇일까. 그날 새벽 교회에서 내가 잠시 보았던 어떤 이름 모를 여인의 눈물이 떨어진 장소가 아닌가 싶습니다. 그 눈물이 굳어 투명한 결정체가 되고, 그 결정체가 섬과도 같다는 생각이 들었습니다. 그렇다면 섬은 영혼입니다.

나에게도 영혼이 있을까요? 영혼이 있다면 정신과 영혼의 관계는 어떨까요. 정신은 분명히 육체를 지배합니다. 지금 우리 사회의 심각한 문제가 정신질환과 관련된 범죄와 자살 등이지요. 육체는 정신과 직결된 전구와 같아서 정신이 병들면 몸이 바로 반응합니다. 하지만 영혼은 육체와 단절된 어떤 상태, 즉 인간의 죽음 이후를 다루기 때문에 겉으로 보기에는 우리의 삶과 뭐 그리 관계가 있나 싶기도 할 겁니다. 단순하게 분류하자면 정신은 과학 분야이고 영혼은 종교 영역으로 구분할 수도 있을 겁니다.

하지만 정신을 통해서 영혼으로 접근하기가 가능할 것 같기도 한데요. 이 문제는 과학으로 종교에 접근할 수 있다는 이야기입니다. 정신분석학의 대가인 칼 융이 만년에 한 인터뷰에서 기자가 신을 믿느냐는 질문에 대해 "나는 신을 안다"라고 대답했습니다. 신은 분명히 영혼의 영역에서 가능할 수 있는 존재입니다. 신을 안다는 이 대답은 오랫동안 인간의 정신을 연구한 정신분석학자가 신을 증명할 수는 없지만, 안다는 비논리적인 대답입니다. 하지만 그의 정신을 잘 보여주는 문장입니다. 아는 것과 믿는 것은 분명한 차이가 있습니다. 융은 믿는다는 것을 믿지 않는 사람이었습니다. 삶에 있어 '믿음의 영역'과 '앎의 영역'이 따로 있음을 알기 때문입니다. 삶을 내가 '알게' 된다면 '믿음'이 필요 없습니다. 칼 세이건 역시 마찬가지였지요. 과학자는 특정한 가설에 대한 이유를 찾는 사람들입니다. 가설을 세우고 그것을 증명하면 자연스럽게 알게 됩니다. 하늘을 나는 비행기의 원리를 아는 것과 천사가 날개를 달고 하늘로 올라간다는 믿음은 서로 다릅니다. 천사의 날개보다 인간의 정신세계를 알고자 한 융의 이러한 태도는 매우 놀랍고 담대합니다. 고도의 과학적인 정신분석 능력이 신에게로 접근하게 되는 거지요. 그것을 완전히 알 수는 없을지라도 말입니다. 그런 태도가 중요한 거지요. 그럼 믿는다는 것은 전혀 필요 없는 것일까요? 그것 역시 맹목적인 경우가 아니라면 믿음 역시 앎만큼 중요합니다.

우리는 자전거가 두 바퀴로 굴러가는 것을 압니다. 인간을 굴러가는 자전거로 비유한다면, 인간과 신의 문제도 자연스럽게 이해됩니다. 인간과 신은 자전거의 두 바퀴처럼 체인으로 연결되어 있습니다. 어느 하나가 없으면 균형 감각이 사라지고 앞으로 나갈 수 없지요. 좀 더 외연을 확장하면 가

시적인 것과 비가시적인 것들의 유기적 관계로 우리들의 삶은 어떤 방향으로 나아갈 수 있습니다. 사람에겐 지식과 믿음이 필요합니다. 신을 수학적으로 증명하려는 사람도 있고, 신을 선한 마음으로 믿고 선행을 실천하며 따르는 사람도 있습니다. 인간의 이 두 가지 도구는 세상을 좀 더 넓고 깊게 인식하는 사고방식입니다. 그렇다면 시인은 어느 지점에 있을까 싶습니다.

시인은 과학자보다는 수도승과 가까운 거리에 있습니다. 진리를 찾아가는 수도승과 시인은 말씀과 언어를 다루면서 영혼의 금맥을 찾아 나갑니다. 시인은 선한 믿음으로 인간의 영혼을 다루는 연금술사들입니다. 사람들 사이에 있는 섬에 가고 싶다면 사람들 사이로 걸어가면 됩니다. 바다의 섬에 가기 위해서는 배를 타고 가면 됩니다. 사람들 사이에 있는 섬은 어떻게 볼 수 있을까요. 그건 영혼의 눈으로 볼 수 있을 겁니다. 고개를 돌리면 바로 거기에 있을 겁니다. 그걸 보지 못한다면 사람들 사이의 섬에는 영원히 갈 수 없을 겁니다.

오늘도 사람들이 사이에 있는 섬을 찾아가는 사람들, 그 섬을 찾아가는 길은 우선 사람을 진정으로 사랑하는 길입니다. 섬은 외따로 떨어진 것이 아니라, 우리와 연결된 어떤 사이에 있기 때문입니다. 그 사이는 사회적 거리가 아니라, 우리 마음의 간격을 의미하고 그것은 아무리 가까이 있어도 서로 달라붙을 수 없는 영혼의 거리입니다. 그 사이에 있는 섬은 당신이 도달하고 싶은 어떤 상태입니다. 사람들과 함께 어울리면서 할 수 있는 어떤 일이고, 그 사람의 슬픔을 달래주는 마음입니다. 새벽 성전에서 들려왔던 중년의 울음소리는 영혼의 울음소리였고, 그 안에 섬이 있었습니다. 나는 그것을 보았습니다. 그리고 나의 고통에 대해서도 조금은 관대해지는 것을 알게 되었습니다. 내가 완전해서가 아니라 내가 불완전하기 때문에, 나는 항상 기쁘지 않고 때때로 많이 슬프기 때문에, 내가 나를 위로해주고 나 스스로 나를 격려해줄 이유가 너무나 많다는 것을 느꼈습니다.

point

시는 '행'과 '연'으로 구성되어 있습니다. 같은 문장이라고 해도 행과 연의 구조에 따라 전혀 다른 시처럼 읽히기도 합니다. 물론 산문시 같은 예외도 있습니다. 문장의 행은 단어·구·절 또는 그것들의 조합으로 구성됩니다. 연은 하나의 행 또는 행의 조합으로 구성됩니다. 한 단어나 한 행만으로 시가 될 수 있지만 한 단어로 시가 되는 경우는 그리 흔치 않습니다. 적어도 한 행을 이루어야 시라고 부를 수 있을 겁니다. 하지만 시는 대부분 여러 행과 여러 연으로 구성되어 있습니다. 이 구성을 적절하게 하는 게 중요합니다. 예를 들자면, 아래와 같이 각각의 행이 한 단어로 구성될 수도 있습니다.

하늘
멀리서
떨어지는
석양

누구의

눈물인가

예를 들기 위해 즉흥적으로 적었는데요. 이 시가 의도하는
바는 분명합니다. 시의 리듬을 살리고자 했기 때문입니다.
석양이 떨어지는 모습을 보고 슬픈 생각이 든다면 그것이
눈물처럼 보일 수도 있을 겁니다. 이런 상태를 리듬이 아니
라, 의미를 중요시한다면 이렇게 적을 수 있겠지요.

하늘 멀리서 떨어지는 석양은 누구의 눈물인가.

같은 단어로 구성되어 있는데, 행과 연이 달라지니 느낌도
확연히 달라집니다. 시는 행과 연의 구성에 따라 리듬의 단
락, 의미의 단락, 이미지의 단락으로 구분할 수 있습니다. 이
기준은 시인이 무엇을 강조하느냐에 따라 정해집니다. 절대
적인 원칙은 없습니다. 자신의 심상을 표현하는 기법은 작
가만이 결정할 수 있습니다. 하지만 정형시는 예외입니다.
시는 정형시·자유시·산문시 등으로 나눌 수 있습니다. 정형
시는 '행과 연'을 일정한 틀에 맞추어야 합니다. 우리 시조의
경우에는 3장 6구, 총 자수 44자 내외로 틀을 정해놓았습니
다. 이 틀을 조금 변형하여 행과 연의 구조를 바꾸는 현대시

조도 만들어집니다. 자유시는 틀을 정해 놓지 않았습니다. 행과 연의 배치를 자유롭게 합니다. 산문시는 시인이 시에서 행 바꿈으로 생기는 리듬을 무시하고 전하고자 하는 의미에 더 방점을 찍습니다. 산문시와 산문의 차이점은 단문이면서도 전하고자 하는 의미가 더 촘촘하고 확연하게 드러난다는 겁니다.

문학은 형식과 내용이 다 중요합니다. 내용보다 우선하는 형식은 존재하지 않습니다. 형식 없는 내용은 존재하더라도 무의미합니다. 형식에 따라서 시의 의미가 살아나기 때문입니다. 어떤 시는 단어들을 계속 행갈이하면서 리듬감이 생기는 효과를 노리고 있습니다. 어떤 시상이 떠오른다면 그것을 잘 표현하는 데 어울리는 형식을 생각해야 합니다. 한국 현대시는 다양한 형태 파괴를 통하여 독창적 경지를 개척한 작품이 풍부합니다. 한국 문학사에 시 형태 파괴에 파격적인 인물은 김수영, 황지우, 박남철 시인 등이 대표적이지요.

문학형식을 살아가는 방식에 적용할 수도 있겠지요. 시적인 사람, 산문적인 사람, 과학적인 사람, 영적인 사람 등 많은 사람이 각자의 형식을 갖추고 살아가고 있습니다. 율곡 이이는 이통기국(理通氣局)을 이야기하면서 흐르는 물(水)은 그것이 어떤 그릇(器)에 담기는가에 따라 물의 의미가 달라진다고 했지요. 모든 이에게 부여된 생명인 삶은, 이(理)나 물(水) 같은 것이지만, 그 삶을 어떻게 아름답고 반듯한 그릇(器)에 담아 내는가(器局)가 사실 문제이지요. 삶은 생명 그 자체로 중요하지만 그것을 어떻게 가꾸고 만드는가 또한 중요하지요. 그렇더라도 오늘 우리가 지나치게 사로잡혀 있는 돈과 지위, 학벌과 권력 등은 일종의 그릇일 뿐이라는 것을 잘 알아야지요. 돈과 지위가 소중한 것은 우리가 살아 있기 때문이지요. 언제 어디서나 중요한 것은 생명이지요.

요즘 저는 진짜 그릇 없는 그릇이 되고 싶어요. 장자는 큰 소리는 듣기가 어렵다(大音希聲), 큰 형상에는 모양이 없다(大象無形)고 했는데, 지구가 돌아가는 소리를 듣기는 어려울 겁니다. 하늘 모양을 어떻게 규정할 수 있을까요? 크다는 것은 여러 의미가 있는데요. 저는 아예 그릇 없는 그릇이 되어 어떤 형식도 다 담을 수 있는 그런 상태가 되고 싶기도 합니다. 형식은 형식일 뿐이니까요. 그것을 창조적으로 파괴하고 앞으로 나아가는 사람이 될 수 있길 스스로에게 바랍니다.

Tessin-Gebirge

내가 완전해서가 아니라 내가 불완전하기 때문에, 나는 항상 기쁘지 않고 때때로 많이 슬프기 때문에, 내가 나를 위로해주고 나 스스로 나를 격려해줄 이유가 너무나 많다는 것을 느꼈습니다.

17. 나를 사랑하게 하는 내 마음의 경영

때론 저녁 식사 약속을 두 번씩 해 가면서까지 정신없이 살아가지만, 이상하게 그렇게 아는 사람이 많은데도 정작 내 곁에 아무도 없다고 느낄 때도 있습니다. 어디론가 가고 싶지만, 딱히 갈 곳도 없고, 무작정 나와서 걷다가 막다른 골목에 막혀 서성대는 내 모습이 참 측은하기도 하지요. 길바닥에 떨어진 동전 같은 나를 숱한 사람들의 발바닥이 무자비하게 밟고 가는 내 인생. 살다 보면 깊은 밤 산속에서 나 홀로 호랑이를 만난 것처럼 무서울 때도 있습니다.

이런 기분이 들면 인간관계에 염증을 느껴 일상에서 벗어나고자 합니다. 서해 어청도를 찾아가거나, 선운사 동백꽃을 찾아가거나. 그런데……, 이런 여행길도 그리 쉬운 일이 아닙니다. 내가 있는 이 자리에서 무언가를 해결해야만 할 때가 있지요. 이럴 때 혼자 있는 시간을 만들길 바랍니다. 지금 있는 곳이 어디든지 말입니다. 내가 나를 사랑하게 하는 기술이 필요한 거지요.

우리는 사회적 동물입니다. 나와 관련된 인간 관계도를 그려보면 확연하게 드러납니다. 내가 얼마나 복잡한 관계 속에서 살아가는지 잘 알 수 있습니다. 하지만 부질없는 관계들입니다. 나만 집중해서 생각합니다. 우리는 거울을 보면서도 나를 보지 못하고, 나를 포장하는 어떤 것을 봅니다. 화장, 옷, 시계, 머리 스타일 등. 밖으로 나오면 나는 거대한 기계의 부품일 뿐, 혼자서는 어떤 일도 할 수 없을 것 같습니다. 이것은 착각입니다. 잠시라도 혼자 있어 본다면 금방 알수 있습니다. 천천히 뒤돌아보면 내가 사랑하는 일, 하고 싶었던 공부, 사랑한 사람이 있어요. 나는 그 자체로 존재감이 있다는 사실을 알 수도 있겠지요. 어떤 상태이든 간에, 우선이런 생각을 끌어내는 것이 중요합니다.

혼자 있을 때 빛나는 사람과 어두운 사람이 있습니다. 손에 같은 칼을 쥐어도 어떤 이는 풍미가 넘치는 요리를 하고, 어떤 이는 살인을 하는 것처럼 말입니다. 지금 내가 어떤 용도로 타인에게 사용될지를 아는 일도 중요합니다. 나는 과연 나에게 맞는 대접을 받고 있는가? 혹시 이용만 당하는 것은 아닌가? 내가 사랑하는 방법이 그릇된 것은 아닐까? 나는 지금 내가 하고 싶은 일을 하는가? 아니 지금 하는 일을 잘하고 있는가? 이러한 질문을 하고, 그 대답을 찾아봅니다.

이건 분명합니다. 혼자 있을 때 몸가짐이나 태도를 잘 유지한다면 뭐든 잘할 수 있을 겁니다. 혼자 있는 순간은 위대한 순간입니다. 시는 이러한 순간을 매우 사랑합니다. 시는 혼자 있는 사람들이 손에 쥐고 있는 간절한 펜에서 흘러나오는 언어의 피이고, 여태 알 수 없었던 숭고한 존재를 만나는 시간입니다. 신을 대면하는 성자의 눈처럼, 시는 영혼의 신성한 장소로 이동하기도 합니다. 진정으로 시를 만난다는 것은 바쁜 일상적인 삶에서는 체험할 수 없는 특별한 순간입니다. 이미 태어나는 순간부터 삶은 한 편의 좋은 시입니다. 잘 읽어낼수록 가치가 올라갑니다. 이건 분명한 사실이기에 나는 가치 있는 삶을 살 의무가 있습니다.

"가을에는 / 기도하게 하소서"라는 김현승 시인의 시가 있습니다. '기도'는 고독한 방에서 혼자서 하는 행위입니다. 하지만 조용한 공간에서 혼자 있게 되면 대부분 잘 견디질 못합니다. 감옥에 들어온 것처럼 낯설고 두려워합니다. 그곳이 바로 자신의 진짜 공간임을 인식하지 못합니다. 그래서 눈

치만 살피며 안절부절못하고 불안합니다. 빨리 그 상태에서 벗어나고자 하는데요. 이런 행위는 나만의 방에서 타인의 방으로 가고자 하는 의존심리 때문입니다. 누군가에게 의존하고 싶은 마음은 자연스러운 일입니다. 그래서 고독과 결핍을 재난처럼 여기는 사람들이 있습니다. 과연 그럴까요? 우리가 존경하는 인물 가운데 고독을 견디지 못하고 성공한 사람은 아무도 없습니다. 복잡한 관계 속에서 살아가는 정치인이라고 할지라도, 남다른 사람은 분명 고독을 잘 견딘 사람들입니다.

고독은 자신을 가장 솔직하고 담백하게 바라볼 수 있는 시간입니다. 이 시간은 타인이 주는 시간이 아닙니다. 내가 찾고 발견해야 하는 섬과도 같은 장소입니다. 일상적으로 중요한 일정을 처리하듯이, 사랑하는 사람을 만나듯이, 이 시간을 잘 정리해놓고 시간을 내서 직접 찾아가 만나야 합니다. 이런 습관이 든다면 그는 남다른 사람이 될 겁니다. 좋은 연장을 하나 손에 쥐는 겁니다. 이것을 '선택적 고독'이라고 부르도록 하지요.

고독한 시간은 세상의 중심에 나를 놓습니다. 부처의 천상천하 유아독존(天上天下唯我獨尊)이야말로 절대고독 속에서 진정한 나 자신을 만나는 깨달음의 시간을 말씀하신 것입니다. 이것이 바로 자비의 시간, 사랑의 시간입니다. 진실로 고독한 사람은 타인을 사랑합니다. 나를 사랑하듯이 남을 사랑하지 않고는 배길 수 없기 때문입니다. 건강한 몸이 다이어트와 운동을 통해 만들어지듯 이러한 각성은 맑은 결핍을 통하여 나타납니다. 고독한 상태에서 파생된 결핍은 항상 충만을 요구합니다. '진정한 고독'과 '맑은 결핍'은 농부가 척박한 땅을 일구는 것처럼, 풍요로운 인생을 일구기 위한 연장과도 같습니다.

타인의 손길을 따뜻하게 잡으면 두 심장의 박동 소리가 바흐의 음악처럼 울려옵니다. '그대가 곁에 있어도 그대가 그립다'고 류시화 시인은 말했지요. '이 사람이 정말 소중하다, 내 몸처럼 너무너무 아끼고 싶다'는 간절한 마음으로 그 사람을 바라본 적이 언제였습니까. 오히려 아무런 감정도 느낌도 없이 살아도 사는 게 아닌 것 같다는 생각이 늘상 들지요. 그건 타인과 관계가 단절되었기 때문이 아니라, 우주의 중심인 나를 사랑한다 하면서 실제론 미워하기 때문입니다. 나를 미워해서 나를 잃어버렸기 때문입니다. 중심이 없어졌지요. 그러니 삶이 그리 외롭고 힘들고 괴로운 것이지요. 그 괴로움을, 타인을 원망하며 항상 남 탓으로 전가하는 것이지요. 그럴수록 더욱 단절되고 외롭고 고달픈 것이지요.

다시 한 번 고독이 얼마나 커다란 우리 삶의 자산인지를 나는 가끔 되새겨보곤 합니다.

인생의 어떤 시기, 일 년의 어떤 계절, 하루의 어떤 시간에
나 혼자만의 공간에서 기도하는 사람이 있습니다. 기도는
인간의 마음을 하늘과 통하게 하는 고유의 의식입니다. 예
부터 한국의 어머니는 물 한 사발 떠놓고 천지신명에게 기
도합니다. 샤먼이 하늘을 향해 북을 울리듯이, 성당의 신부
들이, 사찰의 스님들이 신에게 가기 위한 존재의 길을 놓는
행위입니다. 하늘에서 떨어지는 유성우를 보고도 간절한 기
도를 올리기도 합니다. 기도는 갈 수 없는 곳에 도달하고자
하는 길 없는 길입니다.

글쓰기도 이러한 작업입니다. 내가 나를 사랑하는 방법을
하나둘 적어가는 작업입니다. 잘 쓴 글이란 절묘하게 대상
을 써내는 것입니다. 나라는 대상을 조금 더 알고자 하는 행
위입니다. 이것은 철저하게 혼자서 해야 할 일입니다. 내가
선택한 자발적 고독을 너무 무서워하지 마시고, 먼 산을 바
라보듯 마음에 가까이 두고 바라보십시오.

사람은 결국 홀로 태어나 홀로 사라집니다. 요람과 무덤은
결국 같은 공간입니다. 지금 두 손의 손바닥을 펴고 내가 쥐
고 있는 것이 무엇인지 눈으로 확인해보시길 바랍니다. 내
가 지금 쥐고 있는 것들이 무엇인가. 그것이 대단한 것들이

라고 여길 수도 있겠지요. 하지만 손바닥을 펴보면 모든 것이 사라지고 빈손이 됩니다. 빈손에서 고독한 장소를 발견할 수 있습니다. 잠시 모든 것을 놓아버립니다. 그곳에서 나 자신이 진정한 휴식을 하고 마음속 깊이 기도하게 되기를 간절히 바랍니다. 부디 기도하는 나의 두 손을 사랑하고, 그 힘으로 세상 사람들의 손을 잡기를 간절히 기도합니다.

point

태풍이 지나간 가을 하늘이 참 좋습니다. 손가락으로 푹 찔러보고 싶은 저 푸른 색감을 어떻게 담아둘 수 있을까. 사진을 찍어도 내가 본 풍경의 일부만 나타날 뿐이라는 생각이 듭니다. 그래서 화가들이 그림을 그리나 싶기도 합니다. 비록 다 담을 수는 없을지라도 담고 싶은 걸 담을 수는 있겠지요. 기계가 할 수 없는 일입니다.

글쓰기도 마찬가지입니다. 내가 방금 본 가을 하늘을 마음처럼 묘사하기도 힘든 일입니다. 이런 괴리감이 글 쓰는 과정에서 반드시 나타납니다. 어떤 대상에 대한 작가의 의도와 작품은 별개이기 때문입니다. 우리가 하는 일도 그래요. 어떤 일을 이루기 위해 잘 계획하고 실행해도 만족스럽게 잘 되는 경우가 그리 흔하지 않습니다. 대면하는 대상에 대한 이해 부족에서 나타나는 현상입니다. 즉 대상을 감지하는 인식 과정이나 감지한 사실을 표현하는 과정에서 자주 나타납니다. 이 문제를 조금 더 구체적으로 살펴봅니다.

김현승 시인의 「가을의 기도」라는 시가 있습니다. 이 시를 쓰기 위해 시인은 대상을 정하고, 그것을 자신만의 방법으로 감지해서 언어화합니다. 이 결정체가 바로 '가을의 기도'가 됩니다. 이 작품을 독자인 우리는 읽습니다. 시인의 감지와 언어화 과정을 통해서 작품이 탄생하고, 그것을 읽는 독자의 카테고리가 형성됩니다. 그런데 우리가 눈으로 확인할 수 있는 것은 '작품'밖에는 없지요.

어떤 대상을 어떻게 감지하고 언어화했는지는 알 길이 없습니다. 꼭 알 필요도 없다고 하면 그만입니다. 좋은 작품을 읽고 만족합니다. 좋은 시를 '천의무봉(天衣無縫)'이라고 표현하기도 하는데, 뭐 하나 인위적인 면이 없는 상태이기 때문입니다. 요즘 가을 하늘과도 같은 거지요. 이런 경지에 도달하기 위해서는 어떤 과정이 필요할까. 이러한 과정을 한두 마디로 정리한다는 건 어불성설입니다. 이러한 경지에 오르기 위해 기초적인 예술 기법을 습득한 예술가들이 피를 토하며 작품을 만드는 거지요. 이러한 경지는 논외로 하고요. 일반적으로 작품을 쓰기 위해서는 일단 창작 의도가 정확해야 합니다.

글을 다 쓰고 퇴고까지 해도 자신이 의도한 바가 제대로 드러나지 않을 수도 있습니다. 심지어 왜곡되거나 잘못 표현되기도 할 겁니다. 이런 과정은 습작 과정에서 반드시 거쳐야 하는 통과의례입니다. 일필휘지(一筆揮之)로 의도한 바를 바로 써내는 천재는 아마도 없을 겁니다. 단박에 좋은 작품을 만들어낸다는 것은 불가능합니다. 반복과 연습을 통해서 조금씩 다듬어가다가 어느 순간에 완성되는 거지요. 이것은 인간관계와도 같습니다. 단박에 사랑에 빠지기도 하지만, 그 결과가 참담할 때가 많이 있습니다.

시는 짧지만 단단한 시작법에 근거해서 구성해야 합니다. 시적 기법으로 문장을 만드는 겁니다. 초고를 쓰고 나서 쓰고 싶은 것을 제대로 썼는지 잘 짚어내야 합니다. 글쓰기는 의심하는 행위이기도 합니다. 완성된 원고가 나오기까지 작가는 끊임없이 의심의 눈동자로 원고 보기를 반복합니다. 이것이 작품을 완성하는 단계인 퇴고 과정입니다. 이 과정이 잘되면 작가의 의도는 더욱 도드라지게 되고, 그 마음이 독자에게 전달되면 성공입니다. 이 과정이 정말 어렵습니다. 아일랜드의 작가 버나드 쇼의 초고를 본 아내가 당신의 글이 너무 형편없다고 하자, 그는 이런 말을 했지요. 그래요. 당신 말이 맞아. 하지만 이제 일곱 번 정도 고치면 그런 대로 괜찮을 거요.

18. 내가 읽을 책과 세상의 마음

글을 읽을 줄 안다면, 책만 읽을 것이 아니라 사람을 읽고 싶습니다. 아마 사람을 읽는다는 것은 세상을 읽는다는 겁니다. 세상을 읽는다는 것은 다른 인종을 읽는 겁니다. 다른 인종은 여자나 남자도 포함됩니다. 다른 인종을 읽는 행위는 사랑을 읽는다는 것입니다. 사랑을 읽는다는 것은 어린이를 읽는다는 겁니다. 어린이를 읽는다는 것은 신을 읽는다는 겁니다. 신을 읽는다는 것은 말씀을 읽는 겁니다. 어라, 말씀이 글로 되어 있네요. 그렇군요. 말씀을 읽는다는 것은 글을 읽는 것입니다. 글을 읽을 줄 안다면 책을 읽어야 합니다. 책을 읽는다는 것은 사람을 읽는다는 겁니다. 세상을 읽는다는 것은······.

이 글은 다람쥐 쳇바퀴처럼 반복되는 독서행위를 짧은 산문으로 구성했는데요. 토요일 오후에 원고를 보고 있으면 정말 이런 생각이 듭니다. 참 지루하고 고단한 게 글쓰기가 아닌가 싶어요. 가끔은 다른 일을 하고 싶기도 한데, 이제는 너무 멀리 와버려서 어디 갈 곳이 보이지 않습니다. 오랜 기간 글쓰기를 하면서 나름 행복했다고 말하지만 말입니다. 그래도 고단한 작업 과정이 끝내고, 시나 소설 같은 작품을 한 편 만들고 나면 성취감이 들지요. 가끔은 대단한 작업을 했다고 착각하면서 살고 있습니다.

얼마 전에 친구 모친상에 다녀오면서 한 인생을 마감한다는 것이 무엇인지 생각해봤어요. 장례식장에 다녀올 때마다 간헐적으로 드는 생각인데, 위의 글처럼 어떤 행위를 반복하면서 생을 마감하는 것 같아요. 친구 모친은 정말 헌신적으로 자녀들을 돌보고 하늘나라로 가셨어요. 그분 역시 당신의 방식으로 세상을 읽고 쓰고 하면서 작품을 남기셨습니다. 책이 아니라 친구와 같은 사람을 만든 거지요. 인류의 역사는 결국 이런 반복이 계속되면서 굴러가는 바퀴와 같은 거라는 생각이 듭니다.

사람이 사랑하는 일도 미워하는 일도 모두 비슷한 구조입니다. 80억에 가까운 인구가 모두 자기 이야기를 지니고 있으니 세상은 참으로 크고도 넓은 책입니다. 장례식장에서 친구에게 들은 이야기가 생각납니다. 이건 너에게만 하는 이야기라면서 아주 오래전에 이야기를 꺼내더군요. 아, 그런 일이 있었구나. 30년 전 이야기입니다. 이야기를 마치고 친구는 미안하다고 했고, 나는 괜찮다고 했습니다. 다 사는 동안에 벌어지는 반복적인 일들입니다. 오랜 시간이 지나면 나의 문제라기보다는 그저 사람의 문제였구나 하는 깨달음과 함께 마음이 끊어지면서 한편으론 편해지기도 하더군요. 가끔은 아주 가끔은 우주적 관점에서 인간의 원리랄까 인생의 의미랄까, 뭐 이런 높고 큰 생각을 하는 것도 건강에 좋은 것 같습니다.

Haus in Tessiner Berglandschaft

괴로움에 시달릴수록 '모든 것은 지나간다. 이 또한 시간과 더불어 사라진다'는 사실을 생각
합니다. 나의 '참을 수 없는' 고통도 이 세상의 모든 인류가 겪었던 고통의 아주 사소한 에피
소드에 불과하다는 것, 나의 존재도 이 지구별 45억 년 진화 과정의 한 '찰나적 우연'이라는
것, 이런 커다란 생각 속에 오히려 나의 고통은 내가 살아갈 수 있는 힘과 용기의 바탕이 되기
도 하지요.

무지개

시를 쓰고 싶은데
종이가 없고,
사랑하고 싶은데
사람이 없다.

없어야, 있는 것들이 있다.

정말 중요한 건 그게 없을 때
내게 정말 필요한 게 뭔지를 결정하는
빛나는 여백의 공간.

무지개,
멀리서 보이는
무지개는,
눈 가까이 있으면 물방울들만 보일 뿐,

물방울 만질 수 없고,
물방울 보이지 않아야 보이는

너를 용서한다는
모든 것은 사라진다는
보이지 않는 걸 보라는
나를 밟고 오라는…
일곱 가지 하늘의 말씀.

만질 수 있는 것들을 만질 수 없을 때,
볼 수 있었던 것들이 보이지 않을 때,

그 자리에 무지개 내려온다.

19. 시의 마음

시는 앎이고 구원이며 힘이고 포기이다. 시의 기능은 세상을 변화시키는 것이며 시적 행위는 본래 혁명적이지만 정신의 수련으로서 내면적 해방의 방법이기도 하다. 시는 이세계를 드러내면서 다른 세계를 창조한다. 시는 선택받은 자들의 빵이자 저주받은 양식이다. 시는 격리와 결합이다. 시는 여행에의 초대이자 귀향이다. 시는 들숨과 날숨이며 근육 운동이다. 시는 공을 향한 기원이며 무의 대화이다. 시의 양식은 권태와 고뇌와 절망이다. 시는 기도이며 탄원이고 현현이며 현존이다. 시는 악마를 쫓는 주문이고 맹세이며 마법이다. 시는 무의식의 승화이자 보상이고 응집이다.

— 옥타비오 파스, 『활과 리라』 중에서

시에 대한 단상입니다. 시인이 사용하는 수사법의 사용이 흥미롭습니다. 전체적으로 대조법을 써서 시의 의미를 강조하고, 문장을 반복적으로 나열하면서 두 세계를 비교하는 기술이 있습니다. 문학에서 비유법은 자주 등장하는 수사법입니다. 이 글을 읽으면서 수사법이란 한낱 도구에 지나지 않는다는 지극히 평범한 진리를 깨닫게 됩니다. 중요한 것은 시인이 담고 있는 세계이고, 수사법은 그것을 퍼 나르는 도구에 지나지 않는다는 거지요. 참 당연한 이야기인데, 어떤 글을 보면 뼈를 때리는 교훈을 얻습니다. 내용이 형식을 지배하고 있다는 생각도 듭니다.

위의 글은 한 문장을 행갈이해서 읽으면 더 좋습니다. 예를 들겠습니다.

> 시는 앎이고 구원이며 힘이고 포기이다.
> 시의 기능은 세상을 변화시키는 것이며
> 시적 행위는 본래 혁명적이지만,
> 정신의 수련으로서 내면적 해방의 방법이기도 하다.
> 시는 이 세계를 드러내면서 다른 세계를 창조한다.
> 시는 선택받은 자들의 빵이자 저주받은 양식이다.

이런 식으로 행갈이해서 읽으면, 본문의 압축적 표현이 느

슨해지면서 가독성이 높아집니다. 산문이지만 시에 대한 시 같다는 생각도 듭니다. 한 문장 한 문장이 시적으로 압축적인 표현이지만, 독자가 마치 컴퓨터로 전송받은 압축파일을 풀 듯이 읽으면서 그 의미를 해독하면 더 빠져드는 글이기도 합니다. 비유와 반복, 그리고 나열을 사용한 글의 전범으로 삼아도 될 겁니다.

세상은 내 마음이 어떻게 보느냐에 따라 달라지는 커다란 유리구슬입니다. 옥타비오 파스의 시에 대한 글을 읽으면서 우리가 배울 수 있는 건 다양성입니다. 다양한 안목으로 다가서면 세상은 무한대로 펼쳐집니다. 유리구슬에 빛이 통과하면서 생기는 프리즘처럼 삶의 다양성을 즐기시길 바랍니다. 맹목적 행위나 믿음처럼 위험한 것은 없습니다. 그것이 종교나 정치적으로 연결되면 폭력적인 아수라장이 됩니다. 맹목은 더럽고 위험한 것입니다. 주의하십시오. 그것은 매우 위험한 것입니다.

자신을 남과 비교하지 말라고들 하지요. 하지만 사실 남과 비교해야 할 때가 많습니다. 비교는 자기 발전을 위한 좋은 동력이 되기도 합니다. 남과 비교해서 우월하기도 하고 초라하기도 하겠지만, 그것을 통하여 내 모습을 잘 볼 수 있기 때문이지요. 옛 어른들이 아래를 보고 살라는 말은 비록 조금은 부족하더라도 자신의 상태에 만족하고 열심히 살라는 말입니다. 아래와 비교하는 거지요. 하지만 위와도, 즉 더 좋은 상태에 있는 사람과의 비교도 필요한 일입니다. 일을 추진하는 동기부여가 될 뿐만 아니라, 세상이 어떻게 구성되고 굴러가는지 알 수 있기 때문입니다.

그러나, 그렇더라도 역시 중요한 것은 '나'입니다. 나에게 숨어 있는 숱한 나입니다. 그래서 많은 경우 나 자신이 바로 시인 것입니다. 옥타비오 파스처럼 이야기하자면 나와 또 다른 나는 앎이고 구원이며 힘이고 포기입니다. 비유법을 통하여 다양하게 나의 의미를 폭넓게 해석하면 좋겠습니다. 수사법을 인생을 사는 한 방편으로 가지고 계십시오. 비유법을 통하여 내 존재의 의미를 무한대로 확장할 수 있습니다. 그러면 세상을 보는 다양한 눈을 갖게 되는 것이 아닐까요?

20. 이별하는 마음

이별은 어두운 이미지를 가지고 있습니다. 이별 역시 죽음
만큼이나 분명한 사실입니다. 태어나면 죽는 것처럼, 누구나
만나면 이별합니다. 사람은 반드시 이별하게 되어 있습니다.
부모, 친구, 연인, 부부, 부자, 부녀 등 모든 만남에 예외는 없
습니다. 우리는 만나는 순간부터 이별을 예감하면서 누군가
를 만나기 마련입니다. 다만 서로 사랑하고 아끼는 동안에는
잠시 잊고 지내는 거지요. 어떤 사람이건 간에 이별한 자리
에서 다시 만나고……. 이러한 무한 반복을 윤회라고 불러
도 될 겁니다. 이별은 슬픈 일이지만 아름다운 완성입니다.

"가야 할 때가 언제인가를 / 분명히 알고 가는 이의 / 뒷모습
은 얼마나 아름다운가"라고 이형기 시인은 노래합니다. 헤

어짐의 미학이라고나 할까. 몇 마디 하지 않았는데 굉장한 울림이 있지요. 이런 시가 독자의 기억에 남기 마련입니다. 제목에도 반전이 있습니다. '낙화'는 낙엽, 석양과 더불어 가을의 이미지를 가지고 있지만, 이 시는 봄을 배경으로 하고 있습니다.

봄은 탄생과 축복, 긴 겨울에서 벗어나 만물이 소생하면서 서로 만나는 계절이기도 하지요. 하지만 시인이 '봄 한 철'에 떨어지는 꽃잎을 보면서 이별 노래를 부르고 있습니다. '결별이 이룩하는 축복에 싸여' 떨어지는 꽃잎을 보고 이런 문장을 쓴다는 건 대단한 일입니다. 참, 아이러니한데요. 봄날 떨어지는 꽃잎을 보면서 가을의 단풍과 낙엽을 연상하게 하는 이중성이 있습니다. 일반적으로 단풍이나 낙엽을 통해 이별의 아픔과 아름다움을 노래합니다. 하지만 만물이 소생한다는 봄날에도 꽃잎은 떨어집니다. 결국 떨어질 때 떨어지고, 헤어질 때 헤어진다는 것. 그것은 상식적인 계절의 문제가 아니라는 거지요. 모든 일은 다 때가 있지만, 이별은 시절을 가리지 않습니다. 봄날 청춘도 예외일 수는 없지요.

때를 안다는 것은 얼마나 중요한 일인지 모릅니다. 아무 생각 없이 살다 보니까 때를 놓치고 후회합니다. 운전 중에 잠깐 실수로 나들목(IC)을 놓친 경험이 있습니까. 나들목을 놓치면 먼 길을 돌아야 합니다. 이런 식으로 이별할 때를 놓치면 삶이 고단해집니다. 봄은 꽃 피고 지는 계절입니다. 꽃이 진 자리를 유심히 관찰해보십시오. 꽃 진 자리처럼 아름다운 장소는 세상에 없을 겁니다. 선운사 동백꽃이 떨어진 자리는 정말 아름다웠습니다. 과연 우리는 이별을 이토록 아름답게 할 수 있을까?

만남을 완성하려면 아름다운 이별이 필요조건입니다. 이별하기 위해서는 습득된 기술이 필요합니다. 죽음은 장례 절차를 통해 이루어집니다. 우리는 감당하기 힘든 사람의 죽음을 의식과 절차를 통해 견디고 있습니다. 과거에는 삼년상을, 요즘에는 삼일간의 애도 과정을 거쳐 다시 살아갈 힘을 얻습니다. 이 절차를 통해 타인의 죽음을 완전히 잊는 것이 아닙니다. 그것을 견디는 힘과 용기를 얻는 것입니다. 하지만 준비되지 못한 이별은 괴롭습니다. 현실을 받아들이지 않고, 그 고통을 바로 지워버리려고 하지요. 여기에서 삶의 분열은 일어납니다. 이 분열증은 매우 심각한 질병이기도 합니다. 받아들일 것을 거부하고, 거부해야 할 것을 받아들일 때 우리는 분열합니다.

이별의 순간이 다가온다면 머리 위에 있는 구름을 봅시다. 그리고 생각합시다. 왜 나는 이별해야 하는가. 혹시 이런 생

154

각도 드나요. '이건 받아들일 수 없다. 너는 떠날 수 없다. 너는 나의 일부이기 때문이다.' 그렇다면 그 생각을 구름 속으로 던져버리고 다시 생각합시다. 이별은 만남의 죽음이다. 내가 피할 수 없는 것이다. 설령 생살을 떼어내는 아픔을 견디기 힘들다 하더라도, 헤어질 때를 알고 돌아서는 사람의 뒷모습은 얼마나 아름다운가. 이런 시인의 잠언을 떠올립니다.

이별을 준비하는 시간을 가져야 합니다. 그동안 사랑한 것보다 더 노력해야만 잘 이별할 수 있습니다. 상대가 일방적으로 결별 통보를 하더라도 말입니다. 이런 경우를 당하면 그 이유를 곰곰이 생각하고 힘든 이별을 준비해야 합니다. 너무 힘들면 책이라도 읽어야 합니다. 한 시간의 독서는 그 어떤 슬픔도 견딜 수 있다고 어떤 작가가 말했지요.

뉴스의 사회면을 보면 준비되지 못한 이별 때문에 벌어지는 사건 사고가 끊이질 않습니다. 가해자는 치밀어 오르는 화를 주체하지 못하고, 심지어 방화 살인까지 하는군요. 이 문제의 근본은 가해자의 이별 정서에 대한 미숙한 태도에 있습니다. 만약에 너무 화가 나서 누군가를 때리고 싶다면, 내 주먹이 나간 다음에 벌어질 상황을 머릿속에서 짧은 유튜브 영상처럼 그려보세요.

물론 순식간에 벌어지는 일들도 있을 겁니다. 그것도 일정한 훈련을 통해서 조절해야 합니다. 행동에 앞선 말도 마찬가집니다. 사람들에게 존경받는 수도승의 행동이나 말씨를 잘 새겨보십시오. 침착하게 말하고 천천히 행동합니다. 말을 침착하게 하면 행동이 저절로 따라옵니다. 부처는 일상적인 걸음걸이도 맨발로 조심스럽게 했습니다. 목적지만 생각하고 서둘러 걷다 보면 소중한 생명인 벌레를 밟기 마련이니까요. 길바닥의 벌레가 바로 당신일 수도 있겠지요. 부처의 말씀이 숭고한 이유는 이러한 행동 때문입니다.

타인에 대한 맹목적 욕망과 병적 집착은 심각한 질병입니다. 그렇다면 시가 이 질병을 치료할 수 있을까요? 어느 정도는 그렇습니다. 물론 '즉문즉답'은 될 수 없겠지만, 좋은 시를 가만히 들여다보는 삶의 태도는 이러한 질병을 치료할 처방전으로 보이기도 합니다. 시를 감기약처럼 복용한다면 조금은 나아질 겁니다. 이별의 순간이 다가왔을 때, 상대를 대하는 태도에 따라 삶의 질이 달라집니다. 그동안 내가 사랑한 타인에 대한 예의를 갖추고, 내가 하고 싶은 것보다는 상대가 하고 싶은 것을 고려하는 것. 그것이 바로 가야 할 때가 언제인지 잘 알고 가는 이의 아름다운 뒷모습입니다. 어찌 보면 참 더럽고 치사한 이 세상을 살면서 이별의 시간이

오면 당신의 순수한 모습을 보여주는 순간이 오는 겁니다. 이별, 그 고귀하고 아름다운 길을 서두르지 말고 천천히 한 걸음 한 걸음 조심해서 가시길 바랍니다. 가다 보면 또 다른 길이 나오기 마련입니다.

point

문장을 잘 쓰기 위한 필요조건은 깨끗한 마음가짐입니다. 온 갖 더러운 짓을 하면서 좋은 문장을 쓸 수는 없습니다. 물론 예외도 있을 겁니다. '말만 해도 시가 된다'는 미당 서정주에 대한 친일 논쟁이 대표적인 경우입니다. 그리고 기본적인 수 사학에 대한 이해가 필요합니다. 글 쓰는 형태는 몇 가지 유 형으로 나눌 수 있습니다. 수사학에서 말하는 기본적인 언술 형식은 설명, 논증, 묘사, 서사로 구분하기도 합니다.

우리는 '설명의 형식'으로 일상적인 언술을 합니다. 무언가 를 설명하면서 의견교환을 하거나 문서를 작성하기도 하지 요. 학자나 전문가는 논문 등과 같은 '논증의 형식'으로 언술 행위를 합니다. 이 둘은 비문학적인 글이라고 할 수 있습니 다. 문학에서는 주로 묘사와 서사의 형식을 사용합니다. 물 론, 설명과 논증도 약간의 변형을 거쳐 문학 속에 포함되기 도 합니다.

문학에서 묘사란 사물이나 현상이 지닌 성질, 인상을 감각 적으로 표현하는 형식입니다. 서사는 이야기가 발생하는 의미 있는 시간적 과정을 제시하는 형식입니다. 시인의 묘사는 화가의 데생과도 같습니다. 시인의 서사는 특정한 이야기를 시적 형식에 담아내는 것이지요. 문학작품은 주로 묘사와 서사를 적절하게 사용합니다. 그리고 묘사와 더불어 진술도 문학에서 자주 사용됩니다. 진술의 범위를 시로 좁히면 시적 진술이라고 할 수 있습니다. 시적 진술은 독백적, 권유적, 해석적 진술로 구분할 수 있습니다.

그 고요함 아래

앉아 있으면

나는 한 방울의 물방울,

바다를 그리워한다.

이 단락은 독백적 진술입니다. 시인이 어떤 공간에서 바다를 그리워하는 모습입니다. 시인은 독백하듯이 시를 쓰고 있습니다. 독백적 진술은 스스로 시적 대상이 되어 혼자 말을 하는 형태입니다. 권유적 진술은 어떤 주장을 타자에게 동조하기를 요청하는 형태입니다. 해석적 진술은 시적 대상에 대한 시인 나름의 해석과 비판을 하는 겁니다.

진술은 설명이나 묘사와는 달리 주관적 심리가 강조됩니다. 「낙화」에서 첫 연이 아주 좋은 예입니다. 떠날 때를 알고 떠나는 사람의 뒷모습을 진술하면서 가슴 뭉클한 충격을 받는 겁니다. 우리 역시 사랑과 이별의 경험은 하지만, 이러한 시적 진술을 통해서 작품을 만드는 경우는 흔하지 않을 겁니다. 그래서 이런 시를 만나면 나 역시 어떤 진술을 하고 싶어집니다. 그 마음을 잘 정리해서 적어보시길 바랍니다. 독백적 진술은 내면 고백을 할 때 사용하면 좋습니다. 그리고 시에서 권유적 진술은 아래와 같은 형태입니다.

그래도 살아보자
세상천지에 나 홀로 있다고 하더라도
새가 날아오르듯
강물이 흘러가듯
눈이 내리면,
그냥 눈사람으로 살아보자.

누군가에게 절망하지 말라고 권유하는 형태입니다. 이런 마음이 들 적이 있을 겁니다. 권유는 강요와는 다른 형태입니다. 시적 권유를 통해서 시인의 메시지를 전달하는 것이지. 타인을 설득하고 유혹하는 것이 아닙니다.
해석적 진술은 김현승의 「눈물」에서 잘 보입니다. 눈물을 "나의 가장 나아종 지니인 것도 오직 이뿐!"이라는 창의적 해석을 통하여 정말 놀라운 세계를 열어 보입니다. 시를 통한 언어의 해석이 시에서는 자주 나타납니다. 일반적으로 시란 시인이 사물을 보는 자신이 할 수 있는 해석을 해서 종이에 옮기는 창조적 행위입니다.

세상에 모든 눈물은 그 눈물을 흘리는 사람만의 의미가 있을 겁니다. 당신은 눈물에 어떤 해석을 할 수 있을까요. 이러한 질문을 스스로 한다면 시인의 길에 들어선 겁니다. 아니야, 눈물은 내가 가장 나중에 지니는 것이 아니야. 그건 이런 것이라고 쓸 수도 있습니다. 예를 들면 이런 해석도 가능하겠지요,

> 눈물은 흘러내리는 것이 아니라
> 치솟아오는 것이다
> 더 이상 오를 수 없는 곳까지, 기어이 올라가
> 눈동자라는 우주의 문을 여는 것이다.

이론은 시를 쓰기 위한 단순한 방법일 뿐입니다. 시적 진술이란 시에서 나타나는 진술을 의미하는 겁니다. 여기에 그 형태를 분석해서 독백, 권유, 해석 등으로 나눌 수 있는 거지요. 이런 수사법을 모르더라도 시를 쓸 수는 있겠지만, 알아둔다면 조금 더 유용할 겁니다. 시에서 중요한 것은 이론이 아니

라 독창성입니다. 그런데 독창성도 하늘에서 뚝 떨어지는 것이 아니라, 결국은 공부를 통하여 얻어지는 것이 아닐까요. 저에겐 좋은 시를 많이 읽는 것보다, 더 좋은 시 공부는 없습니다.

Landschaft

태어나면 죽는 것처럼 만나면 이별합니다.
만물이 소생하는 봄날에도 꽃잎은 떨어집니다.
봄은 '꽃 피고 꽃 지는' 계절입니다.
이별은 슬픈 일이지만 아름다운 완성입니다.

Tessiner Landschaft

좋은 시를 많이 읽는 것보다, 더 좋은 시 공부는 없습니다. 인생도 그렇습니다.
좋은 사람을 많이 만나는 것보다 더 좋은 인생 공부는 없습니다.

21. 너무 슬퍼 웃는 마음

슬픔이란 반구대 암각화처럼 우리들의 마음속에 각인되어 있습니다. 모든 감정의 모태가 슬픔이라는 생각도 하지요. 그래서인지 깨달은 이들은 슬픔을 다정하게 받아들입니다. 바로 그것이 인간의 삶이기 때문입니다. 슬픔에는 애정이 있습니다. 슬픔은 화내지 않고, 겸손과 타인에 대한 배려가 숨어 있습니다. 슬픔 속에는 기쁨도 있습니다. 슬픔은 눈물을 통해 흘러나오는 세례이기도 합니다. 너무 기뻐도 눈물이 납니다. 너무 기쁜 것은 슬픈 겁니다.

기쁨을 슬픔보다 상위개념으로 생각하는 것은 진부한 생각입니다. 시는 이러한 진부함에서 벗어나는 순간에 태어납니다. 어떤 일에 좌절한 사람이 그래 이 슬픔이 지나면 기쁨이 올 거라는 식으로 스스로 위안하고 그 위기에서 슬그머니

넘어가고자 합니다. 과연 그럴까요? 물론 인생은 희로애락의 연속이라고들 하지만, 그렇지 못한 경우도 많습니다. 예를 들어, 고통과 좌절은 믿을 수 없을 정도로 한꺼번에 몰아칩니다. 감당하기가 참 힘들어요.

시인은 이런 상투적인 생각들을 비틀어버립니다. 슬픔과 기쁨이 서로 충돌하는 감정일까? 아니, 이 둘은 형제자매처럼 서로 사랑하는 사이입니다. 우리는 슬픔에 놀라 치유의 시간을 가지고 싶습니다. 슬픔의 시가 그런 역할을 할 수 있을 겁니다.

이제 너에게도 슬픔을 주겠다,
사랑보다 소중한 슬픔을 주겠다.

정호승 시인의 시입니다. 이 시의 제목이기도 한 '슬픔이 기쁨에게' 하는 말입니다. 시란 이런 것이구나 싶었습니다. 슬픔을 의인화하면 놀라운 일이 벌어지더군요. 슬픔이 내 곁에 있는 사람이라는 생각이 들면서 사람에 대한 이해의 폭과 공감 능력이 향상됩니다. 슬픔을 사람으로 보는 순간, 슬픔이 말하는 순간 무릎을 치게 됩니다.

과연 어떤 시가 좋은 것일까요? 읽는 이에게 슬픔을 주는 시가 아닌가요. 슬픔은 결국 마음을 따뜻하게 하는 모닥불이 됩니다. 가만히 생각해보니, 슬픔이 기쁨의 손을 잡고 걸어 가는 풍경이 연상됩니다. 그건 바로, 내가 당신의 손을 잡고, 당신이 나의 손을 잡고 걸어가는 모습과 유사합니다.

인간은 슬픈 동물입니다. 우리는 슬픔을 피하려고 하지만, 슬픔을 피하려고 하는 순간 더 슬퍼지는 경험을 할 수 있을 겁니다. 오히려 슬픔을 품고 다독거리며 함께 걸어간다면 어떨까요. 다가오는 슬픔을 받아들이고 함께 손잡고 가는 자들이 시인입니다. 이 병든 세상에서 시인이 해야 할 일입 니다. 동쪽에 슬픔의 시인 부처가 있다면 서쪽에는 인간의 슬픔을 죽음으로 치유하고자 한 예수가 있습니다. 십자가는 슬픔의 상형문자입니다.

시인은 「서울의 예수」에서 20세기 서울에 예수를 등장시켜 당대의 현실을 비관적으로 바라보고 있습니다. 성경을 조금 만 읽어본다면 예수의 슬픔을 누구라도 짐작할 수 있을 겁니 다. 이 시에서는 예수는 인간들에게 사랑을 전파한 자신 을 원망하고 있습니다. "예수가 겨울비에 젖으며 서대문 구 치소 담벼락에 기대어 울고 있다." 시인은 이렇게 진술합니 다. 시인은 예수의 마음으로 당대의 현실을 바라봅니다. 구 치소의 담벼락에서 왜 예수는 기대어 울고 있는가? 아마도 시적 화자인 시인이 그런 경험을 했겠지요. 당대 구치소를 비관적으로 확장하면 서울일 겁니다. 지상에서 제일 슬픈 사내인 예수가 자신보다 더 슬픈 서울의 모습을 보고 있습니다.

2,000년 전에 그의 입술에서 흘러나온 말들은 모조리 시가 되었고, 그가 걸어 다닌 길 위로 별들이 탄생합니다. 하지만 그가 사랑한 세상은 이제 슬픔으로 가득 찼습니다. 숭고한 장소인 성소에서는 세속적 기쁨이 충만하고 돈과 명예가 흘러넘치고, 온갖 탐욕과 정치적 욕망이 터져 나옵니다. 시에서 예수가 '나를 섬기는 자는 슬프고'라면서 자기 부정을 하는 구절들은 이러한 현실에 대한 반성입니다. 예수를 시에 등장시킨 이유가 뭘까요? 그것은 기독교의 영향력 때문에 그렇습니다. 이런 상징적인 인물을 통하여 현실을 바로 보고자 하는 겁니다.

인유법은 위의 글에서 인용한 시에서 사용된 수사법입니다. 인유법이란 문장, 어구, 인명 등을 적절히 인용하여 시인의 의도를 드러내는 거지요. 또한 이 시는 인유법으로 예수를 등장시켜 현실비판이라는 작가의 의도를 드러내는 풍유적 기법을 사용합니다. 위에 인용한 시에는 인유법, 풍유법이 사용됩니다.

'예수'는 사랑과 은혜를 나타내는 기독교의 상징어입니다. 이러한 인명이나 문장을 사용하면서 시인 자신의 의도를 드러내는 것이 인유법입니다. 꼭 유명하지 않더라도 가능하지요. 꽃이 아름다운 여자를 상징하는 것처럼 단어는 고유의 성질에서 벗어나 넓은 개념으로 통용되기도 합니다. 예수와 부처 등은 묘사하는 대상을 돋보이게 하는 은유의 단어입니다.

서양 예술사에서 예수만큼 영향력이 큰 인물은 없습니다. 예수는 이제 동서양의 울타리를 넘어서서 예술가가 작품에 인용하는 존재입니다. 성경에 기록된 예수의 말씀은 뛰어난

문장이기도 합니다. 어떤 구절은 시적 묘사와 시적 진술을
적절하게 사용하여 주위에 있는 가난하고 불우한 사람들을
사랑하게 합니다.

예수는 어려운 수사법을 구사하지 않습니다. 가난한 사람들
이 자주 사용하는 단어와 문장으로, 시인의 문체로 복음을
전합니다. 예를 들면 '여기에서 죄 없는 자, 저 여인에게 돌
을 던지라'라는 문장이 있습니다. 이 문장에서 돌이라는 사
물이 죄를 단죄하는 행위를 의미한다면 환유법을 쓰는 겁니
다. 환유란 사물 일부로 그 사물과 관계가 깊은 다른 어떤 것
을 나타냅니다. 돌은 단죄를 의미하겠지요. 제유법은 어떤
사물이 그 사물의 전체를 나타냅니다. '나에게 빵을 달라'라
고 했을 때, 빵은 인간의 모든 음식물을 가리키고, 이것이 제
유법입니다.

22. 위로받고 싶은 마음

사람은 살면서 변화 발전하려고 합니다. 태양을 향한 해바라기처럼 말입니다. 유아기에서 청소년기를 지나 장년이 되는 과정을 보면 잘 알 수 있습니다. 하지만 인생의 어떤 정점을 넘어서면 서서히 무너지기 시작합니다. 생의 정점이라고할 수 있는 청년이 되면 힘차게 세상을 향해 뛰쳐나갑니다. 약육강식의 세상에서 살아남기 위해 정글의 맹수처럼 달려가다 보면 중년과 노년이 되는데요. 한 사람이 사는 동안 자신을 변화하고 발전시키는 시기는 어디까지 가능할까요. 하긴 변화와 발전의 기준도 제각기이긴 하지만 말입니다. 사회적으로 성공한다는 건 아마도 중년의 시기가 그 정점이되고, 그 이후로는 점점 쇠퇴하기 마련입니다.

최근에 아주 무서운 말을 들었는데요. 사자가 사냥하다가 몇 번 실패하면 굶어 죽는다는 겁니다. 초식동물인 코끼리도 나이가 들면 곡기를 끊어버리고 무덤을 향해 걸어간다고 합니다. 코끼리가 무덤으로 가는 모습은 숭고한 풍경입니다. 사실 젊은 시절에는 이런 말 따위는 별로 공감되지 않았습니다. 그런데요. 어쩌면 문득 내가 사냥에 실패한 짐승이 아닐까 하는 생각이 들었습니다.

가슴 한쪽으로 석양처럼 뭔가 기우는 기분이 들면서 '이젠 다 된 건가?'라는 허무한 마음이 말 그대로 붉게 들더군요. 절망이나 좌절과는 다른, 그래요 편안한 패배감이 들더군요. 나이 마흔에 직장에서 뛰쳐나와 거칠고 무서운 환경에서 맹수처럼 살았는데, 이젠 힘이 다 빠져 버린 것은 아닌지, 이런 나약한 생각이 간혹 들곤 합니다. 물론 그때마다 정신 차리고 책상 앞에 앉지만 말입니다. 요즘 이런 생각이 듭니다. 아, 나도 가끔은 위로받고 싶다.

시인은 타인을 위로하는 사람이기도 합니다. 시인 자신이 힘들고 괴로운 감정을 시로 적어내면 시가 시인을 위로하고, 그 시가 독자에게 가면 독자의 마음을 위로합니다. 이런 유용성이 시에는 분명히 있습니다. 현학적이고 직접적인 메시지보다는, 자연 풍경과 같은 편한 마음자리를 만들어주는 시들은 당신에게 괜찮다고, 그래도 괜찮다고 조용히 속삭입

173

니다.

시에서 위안이란, 깊은 산속에서 소리를 지르면 에둘러 돌아오는 메아리 같습니다. 위안은 전혀 예상치 못한 누군가에게 받는 선물이라는 생각도 듭니다.

시를 통해 위안을 받고 싶다면 소리 내서 시를 읽으면 참 좋습니다. 나 홀로 있는 외로운 공간에서 필요한 것은 타인의 목소리보다 오히려 내 목소리입니다. 좋은 시는 읽는 동안 생색 않고 위안을 주는 '말없는 친구'와도 같습니다. 누군가를 위안할 때도 상투적인 말보다 그저 옆에 조용히 있어주면 좋습니다. 그 이야기를 듣고 공감하고 한숨을 쉰다거나, 물이라도 같이 마시면서 일상적인 이야기를 나누는 소박한 행동이 위안입니다.

위안은 상처 난 자리에 발라주는 소독약 같은 겁니다. 감정을 상하게 하는 바이러스를 막아내는 백신이기도 합니다. 위안은 바닥에 쓰러진 자의 바로 그 바닥입니다. 힘들더라도 그 바닥을 딛고 갈 길은 걸어가야 합니다. 시가 위안이 됩니다. 시를 조용히 읽어보십시오. 조용한 공간에서 혼자 소리 내어 읽어보십시오. 그럼 정신이 잠시 맑아지는 느낌이 듭니다. 그 힘으로 또 버팁니다. 그럼 된 거 아닙니까?

스승에게 제자가 마음이 아파서 힘들다고 합니다. 그러자 스승이 그래, 그렇다면 그 마음을 어서 내게 꺼내 보아라. 말합니다. 그때 제자는 스승을 바라보고 깨달음을 얻었습니다. 그렇더라도 깨달음의 순간은 잠깐, 아픈 마음은 분명히 마음속에서 있습니다. 감정의 손가락을 섬세하게 움직여야 육체 안에 있는 마음이 보입니다. 마음은 먼 곳에 있지 않습니다. 내 몸 어딘가에 있습니다. 내가 아프다, 내 손으로 그걸 만진다. 아, 이게 누가 나에게 가한 행위가 아니라, 바로 내 안에서 일어난 것이었구나 싶을 때 무엇인가 보입니다. 무엇인가 보인다면 이제 그럴 쓰는 겁니다. 스승의 말처럼 잠시 마음을 꺼내 놓은 거지요. 그것은 세상의 누구도 아닌 바로 나의 시이고, 그 시가 바로 나를 위로합니다. 내가 꺼내놓은 내 마음이 나의 시이고, 그런 나의 시가 나를 위로하는 것입니다.

시인을 언어의 연금술사라고도 하지요. 연금술은 서양과 이슬람 세계에서 유행한 학문으로 철을 금으로 만드는 연구를 합니다. 마법과 함께 중세 유럽에서 유행하기 시작하면서, 물질만이 아니라 영혼의 변화를 추구하는 의미도 갖게 됩니다. 어쩌면 철을 금으로 만드는 기술보다 영혼을 변화시키는 연구가 더 중요하겠지요. 연금술사에게 철과 같은 금속이 바로 시인의 언어입니다.

시는 일상적인 언어(철)로 창조적인 시어(금)를 만듭니다. 내 주위에 있는 흔하고 평범한 언어가 시인의 손에서 새롭게 태어납니다. 이런 의미에서 시인을 언어의 연금술사라고도 합니다. 언어가 탄생하는 순간은 아이가 태어나는 것과 같습니다. 우리는 아이와 같은 언어를 원합니다. 우리 사회가 병들어 죽어가는 도정에 과연 필요한 것이 무엇인가. 아이들의 힘찬 울음소리와 같은 언어가 생명력을 가지고 태어나는 순간입니다. 그것보다 큰 위안은 없습니다. 싱싱한 언어에는 눈빛이 빛나고 있고, 맥박이 강하게 뛰고 있습니다. 아픈 당신에게 다가가는 이 아름다운 생명을 사랑하시길.

우리는 잘 만들어진 시를 '작품'이라고도 부릅니다. 시가 창조적 작품, 즉 예술가들의 작업 범주에 들어가는 이유는 창조하는 행위에서 비롯됩니다. 시인은 일상적 언어를 수용하고 창조적으로 개발합니다. 시를 '언어의 집'이라고 하는데요, 한자 '詩'를 파자하면, 언어의 언(言)자와 사원의 사(寺)자로 나누어집니다. 둘이 합쳐서 '언어의 사원'이라고 합니다. 사원은 일반적인 집과는 다른 특별한 공간입니다. 사찰이나 성당을 찾아가면 숭고한 경험을 합니다. 그곳은 기도하는 장소이고, 성찰하는 성소이며, 세속에서 벗어난 성스러운 곳이지요.

시의 언어 역시 마찬가지입니다. 일반적으로 쓰이는 단어지만 시인을 만나면 특별한 의미를 지닌 것으로 변화합니다. 공장에서 나온 벽돌로 어떤 이는 감옥을 짓고, 어떤 이는 성당을 짓습니다. 언어의 사원을 만들기 위해서는 진부한 언어를 독창적으로 사용해야 합니다. 시의 언어는 일상적이고 우리에게 친숙한 단어들입니다.
언어가 가리키는 대상이나 품고 있는 마음 역시 대부분 우리와 가까이 있는 사상과 감정들입니다. 그래서 시를 쓴다는 것은 쉽지만 어렵습니다. 오늘은 어떤 언어를 만났습니다. 바로 그 언어가 나의 손에서 새로운 생명을 얻을 수 있습니다. 비단 시만이 아니더라도 말이나 글을 잘 다루면 당신은 언어의 사원 하나를 짓는 것입니다. 예를 들어, 사랑합니다. 고맙습니다, 용서하세요. 이런 말들이 가진 진정한 의미를 언어를 통하여 전달한다면 상대가 변화합니다. 그 순간에 나는 언어의 사원에 거주하는 연금술사입니다. 오늘도 내가 만든 언어의 사원에서 나 자신 스스로 평안하길 …!

Berglandschaft im Tessin

시는 내가 만든 언어의 사원!
그곳에서 나는 새로운 평안을 얻으리……

23. '모자 쓴 죽음'의 마음

술이 약간 된 죽음은

집에 와서 TV를 켜놓고

내일은 주말여행을 가야겠다고 생각했다

오규원의 시 「이 시대의 죽음 또는 우화」의 한 단락입니다. 죽음이 화자로 등장합니다. 죽음이 술을 먹고 주말여행을 가겠다고 생각합니다. 이게 무슨 말인가 싶지요. 여기에서 죽음은 중년 남자의 은유라고 읽으면 됩니다. 죽음이 신문을 보는 모습은 사람이 신문을 보는 모습입니다. 요즘에는 아마도 죽음이 소파에 앉아 핸드폰을 본다고 묘사할 수 있을 겁니다. 우화입니다.

이 시를 읽으면 죽음이 참 별스럽지 않다는 생각이 듭니다.

마치 죽음이 옆집 아저씨 같아요. 금방 확인할 수 있는 벽에 걸려 있는 모자 같아요. 그렇다면 사는 게 뭘까? 세상에 누가 죽음에 대해서 정확하게 이야기할 수 있겠습니다. 죽었다가 살아난 사람이 아니라면 말입니다. 시인은 우리에게 죽음과 삶이 다르지 않다고 이야기합니다. 시에서 죽음은 화자인 시인 자신이기도 하지만, 결국 우리입니다.

죽음에는 두 가지가 있습니다. 자연사와 타살입니다. 둘 사이에 자살이 있습니다. 자살은 자신을 죽이는 행위로 일종의 타살로 볼 수도 있겠지만, 스스로 선택했다는 면에서는 타살이 아니지요. 자살을 '극단적인 선택'으로 우회해서 부드럽게 말을 합니다. 자살이라는 말이 사람에게 자살 충동을 일으킬 소지가 있기 때문입니다. 이 세상에서 가장 소중한 자기 자신을 죽이는 행위는 일어나지 말아야 할 일입니다. 어떤 경우에도 말입니다. 극단적인 생각이 들더라도 큰 숨 한번 쉬면 생각이 달라지기도 합니다.

어떤 형태가 되었든 간에 인간의 죽음은 영원히 사라지지 않습니다. 항상 우리 곁에 공존하고 있습니다. 사실 우리에게 배움을 주는 위대한 인물들은 죽은 사람들이 많을 겁니다. 부처와 예수를 비롯한 위대한 인물들의 죽음은 단절이 아니라, 우리 삶에 영속으로 이어지는 고리가 됩니다. 위대한 인물의 죽음을 우리는 모자처럼 쓰고 다닙니다.

묘비명을 생각하곤 합니다. 묘비명이란 내 삶의 마지막 말입니다. 무덤에는 비석을 세우고 비명을 새기지요. 하지만 내 무덤에는 차가운 비석을 세우지 말라고, 대신에 해바라기를 심어달라고 노래한 한국 시인이 있습니다. 무덤 주위에 묘비 대신에 해바라기를 심어달라는 겁니다. 함형수의 시 「해바라기 비명」은 '청년 화가 L을 위하여'라는 부제에서 알 수 있듯이 화가를 추모하는 시입니다. 시의 화자는 화가의 영혼입니다. 그의 육체는 지상에서 사라졌지만, 그의 영혼은 죽지 않고 하늘을 나는 새가 되어 비상합니다. 묘지에 해바라기를 심어달라는 말은 해바라기를 인상적으로 그렸던 고흐를 떠올리게 합니다. 19세기 유럽에서 살았던 화가와 20세기 한반도 식민지에서 살았던 화가의 영혼이 해바라기를 통해서 부활합니다.

부활은 타종교에서는 찾아볼 수 없는 기독교 사상의 핵심입니다. 그런데요……. 곰곰이 생각해보면 불교 역시 윤회를 통하여 부활을 은유적으로 표현한 것은 아닐까요. 다시 태어난다는 의미에서 말입니다. 부활과 윤회의 차이점은 자기 복제에 달려 있지요. 내가 다시 태어나면 부활이고, '너'로 태어나면 윤회라고 할 수 있을 겁니다. 심지어 인간이 아닌

다른 생명체로 태어나는 것이 윤회이니까 조금 다른 개념이기도 합니다. 이것은 과학적 사실과는 동떨어진 관념적이고 추상적인 세계관이지만, 인간에게 이러한 개념이 도덕과 윤리의식을 갖게 합니다. 보이지 않는 것이 보이는 것을 지배하는 것이 세상의 이치입니다. 부활과 윤회를 믿으면서 사람은 욕망을 억누르면서 조심스럽게들 살아가는 거겠지요. 그리고 죽음은 지옥과 천상으로 연결되어 있습니다. 죽음은 돌아오지 않는 강처럼 우리 눈앞에서 흘러가고 있습니다. 이것은 정해진 길이고 종착역입니다. 하지만 종착역에서 되돌아오는 기차처럼 우리의 삶이 다시 시작되는 지점이 죽음입니다. 삶을 충만하게 살았다면 죽음이 그리 무섭거나 고통스럽지 않을 겁니다. 딱히 부활을 꿈꾸지는 않습니다.

나 하늘로 돌아가리라
새벽빛 와 닿으면 스러지는
이슬 더불어 손에 손잡고

나 하늘로 돌아가리라
노을빛 함께 단둘이서
기슭에서 놀다가 구름 손짓하며는,

나 하늘로 돌아가리라

아름다운 이 세상 소풍 끝내는 날,

가서, 아름다웠다고 말하리라……

천상병의 「소풍」입니다. 천상병 시인은 하늘을 고향과 같은 곳으로 보고 있습니다. 삶이란 잠깐 하늘에서 지상으로 내려와 소풍을 다녀가는 겁니다. 죽음이라는 묵직한 주제를 다루면서도 시가 소박하고 단순해서 친근감이 느껴집니다. 시인은 지독하게 가난한 삶을 살았지만, 시의 품격은 황제의 자리에 놓아도 좋을 정도였다고 합니다. 언젠가 황석영 선생이 인사동을 지나가는데 골목길에서 튀어나온 천상병 시인이 막걸리값 '오백원'을 달라고 협박(?)을 했다고 합니다. 마침 가진 돈이 없어서 나중에 준다고 하고 그 자리를 빠져나가려고 하니까, 천상병 시인이 "야, 넌 미래주의다!"라면서 화를 내셨다고 합니다. 이 말을 하던 선생의 모습이 생각나는군요. 이제 문인들 간에 이런 일화는 전설이 되어버렸습니다. 그래서인지 그 시절에 죽음은 지금과는 그 가치나 의미가 달랐다는 생각이 듭니다. 죽음도 시대별로 다른 모습을 띠고 있어요. 전쟁의 죽음과 평화의 죽음이 다르듯이 말입니다.

프랑스 작곡가 포레는 망자의 안식을 기원하는 음악인 레퀴엠을 죽음의 공포에서 벗어나 평화로운 안식의 음악으로 만들었습니다. 그는 "죽음이란 고뇌에 차서 세상을 떠나는 것이 아니라 행복한 마음으로 다음 세상을 맞는 것이다"라고 했는데요. 포레의 레퀴엠을 죽음의 자장가라고 부르기도 한답니다.

포레가 천상병을 만난다면 두 분이 서로 공감하지 않았을까 생각해봅니다. 포레의 레퀴엠을 들으면 언젠가는 찾아올 죽음이 두렵지 않습니다. 그것이 음악처럼 아름답기를 바라면서……. 떠나는 것이 아니라 새로운 세상을 맞이하는 길이라고 말입니다. 이 예술가들에게 죽음은 역설적으로 살아 있는 것입니다. 그것은 토끼나 고양이처럼 우리 곁에서 돌아다니고 있습니다.

point

시 공부를 하지 않아도 좋은 시를 쓸 수 있을까요. 공부를 많이 해도 좋은 시를 쓰지 못하는 경우가 있고, 조금만 해도 탁월한 시를 쓸 수 있는 때도 있습니다. 그 이유는 간단합니다. 내가 세상을 어떻게 바라보고 인식하는지가 중요하기 때문입니다. 시적 기교는 다음의 문제입니다. 시인은 창조자가 되어야 합니다. 이게 중요합니다.

한 지인은 자신이 운영하는 카페의 벽에 화가들의 그림을 전시하곤 했습니다. 평소에는 별로 감흥이 없었습니다. 화가들이 정통적인 기법으로 잘 그린 그림이지만 감동이 없었습니다. 어느 날, 초등학생들의 그림을 전시했는데, 한 작품이 눈에 들어왔습니다. 다족류의 벌레를 그렸는데, 사람보다 훨씬 크게 그려 화폭 전부를 차지하고 있었습니다. 그걸 보는 순간, 아! 하는 감탄사가 터져 나왔습니다.
아이는 자신이 본 벌레를 그대로 그린 것이 아니라, 자신이 벌레를 보고 느낀 것을 그렸습니다. 비록 전문 화가들의 그림처럼 기법은 부족하지만, 뭔가 울림이 전해집니다. 허허

웃으면서 그 녀석 참 기특하네. 예술가 기질이 있다고 같이 본 친구와 한담을 나누었습니다. 모든 예술에 이런 한 속성이 있습니다. 그 학생이 성장해서 인식이 발달하고 안목이 넓어지면 대단한 작품을 남길 수 있을 겁니다.

르네 마그리트(René Magritte)의 작품 중에서 알을 보고 있는 화가가 새를 그리는 작품이 있습니다. 창의성을 잘 표현한 작품이라는 생각이 들어요. 화가가 알을 보고 캔버스 안의 캔버스에 새를 그린 장면을 그리고 있습니다. 알과 새의 비유가 깊이가 있지요. 문학적 비유에서도 정작 중요한 것은 기교보다 작가의 인식 수준입니다.

인간은 지각과 감정을 표현하여 창조하는 존재입니다. 르네가 알을 보고 새를 그리고 있는 화가를 그린 작품이 이러한 인간의 창조적 행위를 그린 겁니다. 알은 아직 깨어나지 않는 무지의 상태, 새는 한 세계를 깨고 나온 이성적 단계로 두 세계를 화폭에 담았습니다. 이렇게 알과 새, 두 개념이 융합하여 하나의 세상을 창조하는 거지요.

초등학생이 그린 대형벌레 역시 이러한 설명이 가능하겠지요. 어떤 사람을 만났을 때 갑자기 세상의 모든 것이 지워지면서 한 존재만이 오롯이 드러나는 경우가 있습니다. '첫눈에 반했다'라는 말은 감성적 인식이 극대화되는 상태입니다.

이러한 상태를 표현하기 위해서는 이성적 인식이 필요합니다. 단지 그 상태로만 머문다면 아름다운 추억으로 머물고 말겠지만, 그때 다가왔던 감정을 중세의 시인이 작품으로 남긴다면 단테의 베아트리체가 되는 겁니다. 이렇듯 예술이나 시는 어떤 한 상태를 온전히 자신의 것으로 만들어 창작 행위를 통해 표현하는 겁니다. 그래서 모자를 그린 작품은 예술이지만, 모자 그 자체는 생활용품입니다. 모자를 잘 만들어 예술의 경지에 갔다고 하더라도, 그것을 쓰고 다니는 순간 일상 용품인 거지요. 이것이 예술과 일상의 차이입니다. 죽음은 일상입니다. 하지만 시인의 손에 닿은 순간 생명력을 획득합니다. 그 순간 죽음은 예술이 됩니다.

Tessiner Landschaft

모자 그 자체는 생활용품이지만 모자를 그린 작품은 예술입니다. 예술은 빵과 밥처럼 굶주린 배를 직접 채워주지는 못합니다. 하지만 예술은 빵과 밥이 채워주지 못하는 굶주리고 상처받은 마음을 가득 채워주고 위로합니다.

24. 백조가 노래하는 마음

지금 힘든 시기를 보내고 있습니까? 설령 그렇다고 하더라도, 하는 일에 완전히 몰입한다면 언젠가는 '절창'을 터트릴 겁니다. 나의 인생에서 최고의 순간이 아직 오지 않았다고, 언젠가는 좋을 거라고 스스로 격려하는 거지요. 인생에서 최고의 순간이나, 혹은 예술가 최고의 작품을 영문학에서 '백조의 노래'라고도 합니다. 한자로는 만고절창(萬古絶唱) 혹은 절창으로 줄여서 말하기도 합니다. '백조의 노래'는 14세기 영국 시인 제프리 초서의 「은빛 백조」에서 등장합니다. 제프리 초서는 중세 이야기 문학의 집대성이라고 여겨지는 『캔터베리 이야기』의 작가입니다. 그는 영문학의 아버지라고 여겨집니다. 아주 오래된 시 한 편을 보겠습니다.

은빛 백조는, 살았을 땐 노래 앓다가
죽음이 다가오면, 조용했던 목을 열었다.
가슴을 갈대 우거진 호숫가에 기대고서
처음이며 마지막 노래 부르고는 다시는 노래하지 않았다.
모든 기쁨이여 안녕, 오 죽음이 내 눈에 다가오고 있네.
백조보다 많은 거위가 지금 살고 있구나,
현자보다 많은 바보들이

우리도 백조처럼 최선을 다하고 사라지는 순간이 있습니다. 간혹 시인들의 유고 시집을 볼 때 그런 느낌이 듭니다. 백조의 죽음은 한 인간이 최선을 다하고 난 상태를 의미하기도 합니다. 대나무의 마디처럼 우리의 생은 이런 상태를 거치고 나서 한 단계 성숙합니다. 그 과정에서 좌절도 하고 모멸감도 느끼고, 때론 정말 죽을 정도로 힘이 들기도 합니다. 때론 더럽고 치사한 세상과 결별하면 모든 것이 사라진다는 달콤한 유혹에 시달릴 수도 있겠지요. 이런 고통이 없다면 원하는 결과물이 없기에 우리 삶은 그리 만만치 않습니다. 그 모든 것이 백조의 노래를 부르기 위한 과정이라고 여기면 어떨까요.

백조의 노래가 있다면 '거위의 꿈'도 있지요. 난 꿈이 있다고, 버려지고 찢겨 남루하여도 내 가슴 깊숙이 보물과 같이

Die Sonnenblumen in der Vase

은빛 백조는 살았을 땐 노래 않다가
죽음이 다가오면 조용했던 목을 열었다.

간직한 꿈이 있다고 노래하는 가수를 보면서 이것이 유행가의 힘이구나 싶었습니다. 「은빛 백조」가 중세시대 노래라면, 김동율, 이적의 〈거위의 꿈〉은 현대인들의 절규라고 느낍니다. 비록 절창은 아니지만 강한 울림이 있지요.

나 자신에게 묻고 싶습니다. 나는 백조일까? 거위일까? 아마도 이건 내가 죽고 나서 결정될 것입니다. 쉽게 판단하지 않고 그냥 열심히 최선을 다해 사는 겁니다. 내가 죽고 나서 사람들이 뭐라고 하든 그건 다른 문제입니다. 백조인 줄 알았는데 거위였고, 거위인 줄 알았는데 백조였다고 사람들이 판단하기도 할 겁니다. 그게 뭐 그리 중요합니까? 그런 생각이 들어요. 특별함이란 평범함의 포장지가 아닐까? 아무리 위대한 사람이라도 반짝반짝한 포장지를 뜯어낸다면 나와 같은 평범한 사람일 겁니다. 안데르센의 「미운 오리 새끼」를 읽고 싶군요.

25. 나비의 마음

나비는 영혼의 문신처럼 기억의 망막에 새겨져 있습니다. 어릴 적 보았던 그 나비는 노안이 올수록 더 확연하게 보입니다. 어느 맑은 봄날에 여우비가 내렸습니다. 외할머니를 따라간 산속의 암자였습니다. 법당에서 기도하는 할머니를 기다리면서 툇마루에 잠시 앉아 있었습니다. 그때 나비 한 마리가 날아오르는 모습을 우연히 보게 되었습니다. 적막감이 감도는 산속에서 파르르 떨리는 나비 날개 위로 빗방울이 떨어지자 놀란 나비는 잠시 하강하더니 다시 날아올랐습니다. 온통 초록빛이 쏟아지던 그 환하고 밝은 공간에서 몽환적인 풍경이 펼쳐집니다. 나비가 잠시 떨어지면서 다시 날아오르는 그 장면이 내 눈동자에 각인되어 있습니다. 잠시 꿈이라도 꾼 것인가 싶어요. 그 이야기를 들은 할머니는 꼭 부처님처럼 미소를 지으시며 말했습니다. 관세음보살님 이 잠시 너에게 다녀가신 모양이구나. 잘살아라.

나무 그늘 아래
나비와 함께 앉아 있다
이것도 전생의 인연

— 코바야시 이싸(小林一茶)

나비와 나는 어떤 인연이었을까. 당신과 나는 어떤 인연이 었을까. 내 어깨 위에 내려앉은 푸른 햇빛과 노란 나비에게 질문하는 고요한 시간입니다. 단 한 줄로 깊은 울림이 전해 줍니다. 경전의 문구나 명상가의 잠언 같은 느낌. 나비와 함 께 앉아 있는 시인의 모습이 보입니다. 그려집니다. 사람과 나비가 어울려 수묵화 같은 이미지가 떠오르는데 '이것도 전 생의 인연'이라는 종언으로 시를 마치는 기법. 하이쿠가 주 는 매력을 극대화하고 있습니다. 단순하고 가벼운데 묵직하 게 깊은 생각에 빠지게 하는 시의 매력이 잘 드러나 있습니 다. 나무 그늘, 나비와 함께 전생의 인연으로 이어지는 시적 진술이 매우 자연스럽고 부드럽습니다. 문장의 이음새가 전 혀 느껴지지 않고 완벽하게 만들어진 작품. 티끌 하나 없는 구슬을 '완벽'이라고 불렀다는 중국의 고사가 떠오릅니다.

시의 감각입니다. 시인은 이런 기법을 부지런히 연습합니다. 초감각을 내 삶으로 끌어당겨야 합니다, 이런 감각은 단순한 삶에서 나옵니다. 삶을 단순하고 소박하게 꾸려간다면, 정체 모를 고통이나 불안감에서 조금은 벗어날 수 있습니다. 그럼 무딘 감각이 다시 살아납니다. 시를 읽고 어떻게 사느냐에 따라 삶의 질이 달라집니다.

우리는 너무 많은 말과 생각에 시달리고 있습니다. 이럴 때 시를 읽는다면 좋은 시간이 될 겁니다. 작은 찻잔에 흘러넘치는 물처럼 고요한 시간을 가지고, 시를 깊게 들여다보는 여유를 가지는 거지요. 짧은 글일수록 그림을 감상하듯이 바라보는 시간이 길면 좋습니다. 생각 깊은 사람일수록 많은 말을 하지 않습니다. 부처의 미소가 떠오르는 시는 맑고 밝은 눈동자처럼 보입니다. 좋은 시를 가만히 들여다보고 있으면 외할머니를 마주하는 것 같아요. 매우 깨끗한 상태의 마음에서만 가능합니다. 하이쿠는 가벼운 시입니다. 새의 깃털이나 거목의 낙엽, 빗방울이나 상수리 열매, 떨어지는 꽃잎이거나 노인의 눈물 같은 시입니다. 그 가벼움의 미학을 즐기시길 바랍니다. 그럼 몸도 마음도 가벼워질 겁니다. 마치 창공을 날아가는 나비처럼 말입니다.

일본 에도시대(1603~1867) 후기에 유럽에 수출했던 그림과 시가 있었습니다. 유럽인들에게 동양 정서를 자극하면서 매우 충격적으로 다가온 모양입니다. 그것은 '우키요에(浮世絵)'와 '하이쿠(俳句)'입니다.

우키요에는 서민들이 즐겼던 판화입니다. 붓으로 그린 그림이 귀족들이 즐긴 작품이라면, 목판화 우키요에는 대량 제작이 가능했습니다. 그래서인지 우키요에를 유럽으로 수출하던 상품 포장지로도 사용했다고 합니다. 주문한 물건을 포장한 우키요에를 본 유럽인들은 깜짝 놀랐습니다. 특히 인상주의 화가들에게 영향을 주어 '자포니즘(Japonism)'을 유행시키게 됩니다.

하이쿠는 에도시대 대중문학입니다. 하이쿠 역시 우키요에 못지않게 유럽인들에게 사랑받았습니다. 그 사랑이 지금까지도 이어지고 있다고 하니 상당한 매력이 있는 모양입니다. 하이쿠는 일본어 17자로 된, 즉 5·7·5 음율로 이루어진 정형시입니다. 중국과 한국의 시조와 비슷한 일본의 정형시라고 생각하면 될 겁니다.

오래된 연못이여
개구리 뛰어드는
물소리

하이쿠의 대표작으로 여겨지는 마쓰오 바쇼(松尾芭蕉)의 시
입니다. 이 시의 장르를 정확하게 말하자면 '하이카이 홋쿠'
입니다. 하이쿠가 탄생하기 전에 작품입니다. 하이쿠 전에는
하이카이가 있었습니다. 하이카이는 일본의 정통시인 '렌가
(連歌)'에서 나왔습니다. 렌카는 일본 고유 시가로 규칙이 까
다롭고 시어를 고르는 제약이 엄격합니다. 예를 들자면 첫
째 구를 의미하는 '홋쿠'에는 다른 구들과는 달리 계절을 나
타내는 시어가 반드시 들어가야 합니다. 조선 사대부의 시
조처럼 일본 귀족의 전유물이었습니다. 하이카이는 '렌가'의
고답적인 분위기에서 벗어나 가볍게 노는 기분으로 읊은 시
입니다. 이렇게 렌카의 하위 장르로 여겨진 하이카이를 바
쇼가 예술의 경지로 끌어올립니다. 그리고 하이카이 홋쿠가
'하이쿠'라는 장르로 탄생합니다. 하이쿠 시인 부손은 '하이
카이'는 속어를 가지고 표현하지만 속된 세계를 떠나는 것
이 중요하다고 했습니다. 바쇼가 그 어려운 일을 해내고 하
이쿠의 시조가 됩니다.
바쇼는 에도시기 초기인 1644년부터 1694년까지 살았습니

다. 이 시기에 일본 상인계급인 '조닌'들의 출현으로 도시에 돈이 넘쳐나고 화려한 문화를 꽃피웁니다. 돈과 물질적인 욕망이 팽창하여 사람들이 쾌락을 추구하는 혼란스러운 시기이기도 합니다. 이러한 분위기 때문에 하이카이가 탄생했지만, 바쇼는 에도의 세속적인 욕망을 멀리하고 일본 변방 지역을 여행하면서 문학세계를 구축해 나갑니다. 지금도 하이쿠 숭배자들은 바쇼가 17세기에 걸었던 여행길을 답사하면서 그의 정신을 일깨워나갑니다.

바쇼는 사무라이 출신입니다. 그의 상관인 도도 요시타다에게 하이카이를 배웠습니다. 요시타다가 요절하자 교토의 한 사원에 머물면서 문학 공부에 몰두해서 하이카이 지도자로서 인정받게 됩니다. 37세가 되면서부터 은둔생활에 들어가 에도의 근교 후카가와에 오두막을 짓고 살았지요. 제자가 그의 정원에 파초를 심어서 그의 오두막을 파초가 있는 암자라는 뜻인 '바쇼암'이라고 불렀습니다. 그의 호가 바쇼(芭蕉)인 것도 여기에서 연유합니다.

바쇼는 오두막에서 생활하면서 근처 절에서 참선하고, 노자와 장자, 이백을 비롯한 시인과 시, 일본의 전통 시가에 심취하게 됩니다. 시인으로 완성되는 절차탁마의 시기라고 할 수 있겠지요. 40세부터는 은둔생활에서 벗어나 여행을 떠나기 시작합니다. 나비가 고치를 벗어 비상하는 이미지가 그려집니다. 이때의 마음을 잘 표현한 하이쿠가 한 편 있습니다.

들판의 해골로
뒹굴리라 마음에 찬바람
살에는 몸

이러한 심경으로 1684년부터 1689년까지를 기록한 기행문은 모두 세 권의 책으로 출판되었습니다. 세상에 많은 책이 있지만, 이 책은 필자의 인생 책으로 그저 아무 일 없어도 간혹 펼쳐보고, 읽어보고, 감상하는 책이기도 합니다. 이 책들을 보면 마음이 편안해지면 자연을 소중히 여기는 마음이 생깁니다. 바쇼의 단순하고 간결한 문장, 무심하면서도 측은지심이 넘치는 마음, 하이쿠 등이 수록된 최고의 여행 문학입니다. 긴 여행길을 마치고 에도로 돌아온 바쇼는 탈진한 상태에서 오사카 등지를 돌아다니며 문하생들을 만나고 여행 기간에 체득한 자신의 경험을 하이쿠로 녹여냅니다. 그리고 1694년 10월 12일 오사카에서 그는 마지막 시를 남깁니다.

여행길에 병드니
황량한 들녘 저편을
꿈은 헤매는도다

이 시는 그의 전 생애를 관통하고 있습니다. 시를 찾아서 그가 헤매던 곳은 과연 황량한 들판이었을까? 단 한 줄의 시를 쓰기 위해서 그가 버렸던 것은 부처가 말하는 탐욕과 욕망, 집착과 어리석음이었을 겁니다. 사실……, 시란 첫 번째 줄에서 거의 결정되지요. 첫 줄이 부족해서 다음 줄을 이어나 갑니다. 단 한 줄로 표현할 수 있는 시적인 상태. 아마도 그것이 문학에서 최상의 상태일 겁니다.

Ansicht von Tessin

"죽음이란 고뇌에 차서 세상을 떠나는 것이 아니라 행복한 마음으로 다음 세상을 맞는 것."
— 가브리엘 포레

26. 깨달음의 마음 1
'동굴에서 빠져나오는 법'

두려워하지 말 것,

혼자 들어가지 말 것,

미로에 빠지지 않도록 표식을 잘 보아둘 것.

동굴탐험가들이 소중하게 여기는 좌우명입니다. 어쩌면 이
말들이 연장보다 중요하다고들 합니다. 가만히 읽어보면 우
리들의 삶에도 꽤 쓸모 있는 말 같아요. 한마디 한마디가 참
귀한 말씀입니다. 동굴탐험가들은 한 치 앞이 불안한 동굴
에 들어갈 때 이러한 사항을 명심하고 탐험을 시작합니다.
첫 번째가 두려워하지 말라는 거지요. 아무리 두려워도 무
서워서 피하지 말고 바로 보아야 길이 보입니다. 두려움은
일종의 어둠 속에 눈동자 같은 것입니다. 때론 악마의 붉은

눈동자가 음침한 곳에서 나를 항상 바라보는 것 같지요. 하지만 용기를 내서 한 발 더 디디고 더 디뎌서 가까이 다가가서 자세히 보면 그건 텅 빈 구멍일 겁니다. 바로 그 자리에서 빛이 쏟아지고 있었던 겁니다. 두려움이 아니라 반가움이었던 그 빛을 두려워한 겁니다. 그건 절망이 아니라 희망입니다. 용기를 내세요.

둘째로 혼자 들어가지 말라는 거지요. 너무 힘들면 주위의 누군가와 이야기를 꼭 나누세요. 부끄러워 말고요. 알고 보면 두렵고 겁났던 경험이 반드시 있으니까요. 상담이나 대화가 그 역할을 하고 있지요. 이렇게 견디면서 걸어가다가 미로에 빠지지 않도록 표식을 확인합니다. 이때 표식이란 사람과 물건일 겁니다. 동굴에 생긴 표식을 보듯이 주변에 있는 사람과 사물들을 잘 보고 이해하면 갈 길이 선명해집니다. 삶이란 홀로 가는 길 같아도 결국 사람과 함께하는 길이기도 하지요. 내가 만난 사람이 바로 내가 갈 길의 표식이 됩니다. 이들을 어찌 소홀히 하겠습니다. 사람을 소중하게 여기는 것. 이것이 마지막 방법입니다.

시 쓰기도 인생의 표식을 남기는 행위입니다. 터널 같은 곳을 지나면서 빛과 같은 감정과 생각을 적어놓은 겁니다. 좋은 글들이 이정표처럼 표식이 되고 결국 길을 찾게 해줄 겁니다. 그러다 보면 빛이 쏟아지는 출구가 나옵니다. 그 지점에서 어디선가 이런 소리가 들려올 겁니다. '사랑합니다'. 아무도 없는 것 같지만 누군가 나를 위해 기도하고, 나를 염려하면서 살고 있을 겁니다. 사랑합니다. 이 말을 명심하려 합니다. 그리고 나도 누군가에게 이 아름다운 전언을 전해주는 사람이길 원합니다. 동굴이나 터널이나 우리 모두 그저 지나가야 할 곳일 따름이기 때문입니다.

Hesses Zimmer

시 쓰기는 인생의 표식을 남기는 행위입니다.
삶의 터널을 지나면서 그 어둠과 빛에 대한 자신의 감정과 생각을 기록한 것이지요.
그 기록이 결국 삶의 길을 찾게 해줍니다.

27. 깨달음의 마음 2
   새가 걸어가는 법

눈 위에 찍혀 있는 새 발자국

스치고 지난 흔적만 남아 있는

저 가벼운 보행(步行)

한겨울에 눈길을 걸어가다 우연히 새 발자국을 발견했습니다. 파주 심학산으로 올라가는 길이었지요. 잠시 걸음을 멈추고 내려다보니, 내 발자국 옆에 찍힌 새 발자국이 움푹 들어간 등산화 자국 옆으로 정말 스치듯이 지나갑니다. 그 가벼운 흔적을 보고 깜짝 놀랐습니다. 사진을 한 장 찍고 곰곰이 생각하다가 위에 쓴 구절을 머릿속에 담았습니다. 이 구절로 시 한 편을 쓸 생각을 했습니다. 이 구절 다음에는 뭘 쓰면 좋을지는 생각하지 않았습니다. 순간적으로 떠오른 한 줄의 느낌을 마음에 품고 추운 날 주머니에 넣어둔 따뜻한 돌멩이를 만지듯이 마음속으로 그 문장을 굴리면서 천천히 걸었습니다.

눈이 내리고 나서부터 갑자기 기온이 떨어져 산길은 미끄럽습니다. 조심스럽게 한 걸음을 디디면서 가는데 중간에 작은 정자가 나옵니다. 이곳에서부터 길이 갈라집니다. 옆으로 가면 심학산 둘레길을 다 돌아올 수 있고, 위로 올라가면 정상 전망대가 나옵니다. 정자에서 300미터가량 오르막길이 정상까지 가파르게 이어져 있습니다. 이 길을 한 번에 올라가기도 하고, 한두 번 쉬었다가 올라가기도 합니다. 정상에 올라갔다가 다시 사무실로 내려오면 딱 한 시간 정도의 코스이기 때문에 적당합니다. 정상에 올라가면 한강을 조망할 수 있습니다.

> 높은 곳에서 멀리 흐르는 강을 보면
> 나는 날아가고 싶다.

이 구절은 전망대에서 강을 보면서 가끔 생각했던 문장입니다. 그런데 이 구절이 새 발자국과 뭔가 이어질 수도 있겠군요. 높은 곳에 올라가면 세상이 잘 보인다고들 하지만, 저는 눈 아래에 있는 세상보다도 더 높은 곳으로 날고 싶습니다.

세상으로 내려가기보다는 그곳에서 벗어나고 싶은 거지요. 이러한 마음을 품은 사람은 출가하거나 학문을 할 겁니다. 저는 그런 사람이 못되기에 그 마음만을 적고 좋은 책을 보면서 공부하는 걸 즐겨합니다. 하여간, 전망대에서 북한 지역과 한강, 김포, 한강과 임진강이 합류하는 오두산 전망대까지 바라보고 나서 가벼운 마음으로 내려갑니다.

산길을 올라가는 길보다 내려가는 길이 위험합니다. 올라갈 때는 힘이 들기 때문에 저절로 조심하는 걸음걸이가 되는데, 내려가는 길은 편하고 쉬워서입니다. 특히 눈길이면 말할 필요도 없지요. 아주 조심스럽게 보폭을 매우 줄여서 마치 새처럼 걸었습니다. 두어 번 넘어질 뻔하다가 평지가 보이는 지점에 이르렀을 때 멀리서 누군가 올라오는데 아는 사람 같다는 생각이 들었습니다. 거리가 있어 정확한 모습은 아니었지만, 출판단지에서 근무하는 선배처럼 보였습니다. 좁은 산길이라 금방 거리가 가까워지고 그쪽에서 먼저 미소를 짓습니다.

"아이고 선배님."

"이게 누구야. 멀리서 봐도 면이 넌 줄 알았다. 여긴 웬일이야."

마침 출판사에 일이 있어서 끝내고 산책하는 기분으로 산에 올랐다고 했습니다. 그럴 만한 길이니까요.

"그럼 선배님은요."

"어, 나는 일주일에 서너 번 둘레길을 돌아. 두 시간 세 시간 걸리는데. 아주 좋아."

"아, 그렇군요. 저는 잠깐 정상에 산책하듯 다녀갑니다."

"그것도 좋지. 운동해야지. 그걸 너무 늦게 알았어. 자. 그럼 한번 놀러 와. 밥이나 먹게. 조심해서 내려가 길이 미끄러워."

"예, 선배님도 조심해서 다녀오십시오. 한번 찾아가겠습니다."

"오케이."

이제 칠순에 가까워지는 선배는 작년쯤인가 심혈관 질환으로 쓰러진 적이 있었습니다. 다행히 회복해 산에 오르고 나서부터는 건강이 좋아져 영하 10도 이상 떨어진 한겨울에도 산에 다닌다고 합니다. 양손에 스틱을 들고 가벼운 등산복 차림으로 산을 오르는 선배의 모습을 바라보다가 잠시 쉬면서 땅을 보았습니다.

무거운 인간의 발자국
개똥을 싸고 간 개 발자국
스틱으로 찍어 파헤친 눈밭 위에
마치 바람처럼 가볍게 찍혀 있는

새 발자국은 금세 끊어진다.

돌아갈 수 없는 길.

사람들은 무겁습니다. 발자국이 눈 위에 푹푹 박힙니다. 마침 동네 개가 똥을 싸고 간 흔적이 개 발자국과 함께 남아 있었고, 스틱이 파놓은 흙덩이가 보였습니다. 그런 풍경을 묘사해서 한 구절로 만들었습니다. 처음 떠올랐던 새 발자국과 잘 이어지는 느낌이었습니다. 산에서 내려와 처음 새 발자국을 발견했던 길가에서 잠시 서서 이런 구절을 떠올렸습니다. 사무실로 돌아와 만년필로 이렇게 적었습니다.

새처럼 가볍게 걷는 법을
배우고 싶다.
저렇게 가볍게 걸어간다면
저 끝, 어디선가에서
날아오를 수 있을 거다.

종이에 이렇게 적고 나서 시를 쓸 준비를 하는데, 원고 독촉 전화가 왔습니다. 그날 쓸 원고가 있는데 아직 보내질 않아서 모니터를 켜고 그 작업에 몰두했습니다. 시를 쓰지 못한 지 아마도 수년은 넘었을 겁니다. 중간중간에 몇 편 써서 두긴 했지만 어디 발표할 생각도 없고, 시집 생각도 하지 않고 있습니다. 지금 하는 산문 작업과 구상하는 소설에 더 몰두했기 때문입니다. 그때는 한국 역사에 관련된 집필을 책임지고 있어서 그 자료와 원고 집필에 정신이 없었습니다. 그렇게 일주일 이주일, 한 달이 지났습니다. 새 발자국은 금세 잊었습니다. 그 사이에도 일주일에 두 번 정도는 심학산과 검단산을 가볍게 올랐습니다. 산에서 한 시간 정도의 코스로 운동을 한 거지요. 그러다가 어느 날, 방송을 마치고 집으로 가는 길에 문득 강이 보고 싶어 파주를 지나 적성 쪽으로 더 가서 임진강을 보고 왔습니다. 임진강은 간혹 찾아가는 강이니까요. 한강과는 다른 정서가 있어서 이 강에서 시를 몇 편 썼고, 그 시들이 제법 알려졌습니다.

새들이 강물 위에 찍어 놓은 발자국들이
반짝거린다. 뼈를 비우고, 살을 내리고
날개를 만들어내는 새들의 고독

그동안 잊고 있었던 새 발자국에 대한 단편적 메모들이 한 편의 시로 형상화되기 시작했습니다. 이제부터 시를 만들어갈 수 있습니다. 어떤 방식이 좋을까. 하이쿠처럼 단 한 줄로 쓸까, 내용을 좀 담을까 고민하다가 후자를 선택하고 몰두해서 전화기를 끄고 시를 만들었습니다. 비록 졸작이기는 하지만 이 과정을 통해 한 편을 시를 썼습니다. 프린트해서 보니 제법 쓸 만하다 싶어 마음이 좋았습니다. 다음 날 「새가 걸어가는 법」이라고 제목을 적었습니다. 제목은 맨 마지막에 씁니다. 시의 화룡점정입니다.

높은 곳에서 멀리 흐르는 강을 보면,
나는 날아가고 싶다.

눈 위에 찍혀 있는 새 발자국
스치고 지난 흔적만 남아 있는
저 가벼운 보행

무거운 인간의 발자국
개똥을 싸고 간 개 발자국
스틱으로 찍어 파헤친 눈밭 위에
마치 바람처럼 가볍게 찍혀 있는
새 발자국은 금세 끊어진다.

새처럼 가볍게 걷는 法을
배우고 싶다.
저렇게 가볍게 걸어간다면
저 길 끝에서는

날아오를 수 있을 거다.

새들이 강물 위에 찍어 놓은 발자국들이
반짝거린다, 뼈를 비우고, 살을 내리고
날개를 만들어내는 새들의 고독,

높은 곳에서 멀리 흐르는 강을 보면,
눈을 밟고 걸어간 새처럼
가벼운 발자국 그림처럼 남기고,
새처럼 날아가는 그대의 가벼운 영혼이 보인다.

아직 미완성의 시입니다. 일단 초고를 완성하고 나서 프린
트를 하고, 그것을 독서대나 벽에 붙여 놓고 한참 들여다봅
니다. 최고로 좋은 가전제품은 죽기 직전에 산 것이라는 말
도 있지요. 시도 마찬가지입니다. 세상의 모든 시는 시인이
죽기 전까지는 미완성의 시입니다. 그것을 고쳤건 안 고쳤
건 간에. 앞으로 이 시가 어떤 모양으로 변화할지는 저도 모
릅니다. 제 마음과 지성이 가능한 상태까지가 되겠지요. 그
러기 위해서 오늘도 몰입해서 살아가려고 다짐합니다. 아,
참 그리고 하이쿠 식으로 한 줄의 시도 만들었습니다.

눈 위에 찍힌 새 발자국
날아가기 전에
그대와 잠깐 스친 만남

뭔가 부족하지요. 하지만 이런 식으로 다듬다 보면 한 줄의 시가 나올 수도 있을 겁니다. 그러기 위해서는 욕심을 먼저 버려야 됩니다. 시가 되는 순간은 욕심과 욕망을 버리는 순간이기도 합니다. 저는 그것을 눈밭에 찍혀 있던 새 발자국을 통해서 보았습니다. 저렇게 가벼운 보행이 하늘로 날아가는 새들의 마음이기도 합니다. 새들을 닮아보시길 바랍니다. 새가 걸어가는 법을 보면서 시를 쓰는 기술을 배울 수도 있겠습니다. 눈 위에 남긴 새 발자국이 나에게는 시였으니까요. 온몸에 치렁치렁하게 매달려 있는 무거움을 내려놓고 조금은 가볍고 경쾌하게 살아보려 합니다.

고래

마음속 깊은 곳에
그대가 산다
바다 깊은 곳에
고래가 살 듯이

내 마음의 행로는
시냇물
강물
바다로 이어지는 기나긴 여정

피라미
연어
고래가 윤회하는 물의 깊이

마음속 깊은 곳에
그대가 산다

폭풍우 치는 어느 날,
바다 깊은 곳에
갑자기 솟구쳐 올라오는
고래 한 마리.

너는 그렇게 세상에 나왔다.

28. 용서하는 마음

1

용서는 세상에서 가장 순순한 선물(膳物)입니다. 아니, 무조
건 선물이어야만 합니다. 내가 나에게 주는 선물이고, 그대
에게 주는 선물이며, 우리에게 주는 선물입니다. 용서는 티
끌 같은 내가 우주의 모든 생명에게 줄 수 있는 가장 큰 선
물이자, 내가 받을 수 있는 선물이기도 합니다. 용서는 오늘
을 살아가는 가장 큰 힘입니다. 내일 용서받을 수 있다는 가
정이 성립된다면, 오늘을 무엇이든 힘차게 하면서 살아갈
수 있기 때문입니다. 이러한 가능성이 전혀 없는 상태에서
삶은 무기력하고 절망적입니다.

어느 날, 이런 문장이 적힌 흰 종이를 선물로 받았습니다.

'너는 용서 받았다.' 지난 크리스마스 시즌에 천주교 신자인 친구가 가볍게 전해준 것이어서 마침 가지고 있던 책갈피에 넣고는 한참 지난 후에 발견한 겁니다. 무심히 이 문장을 보는데 정말 용서를 받은 것처럼 묘한 안도감이 느껴지더군요. 마치 샤먼의 부적 같기도 하기도……. 그래서 책상 유리 밑에 끼워 넣고는 가끔 내려다보았습니다. 그런데 그 문장을 자꾸 보니, 이런저런 생각이 들기 시작했습니다. 그동안 내가 뭘 잘못했나 하는 생각과 함께 나에게 잘못한 사람들, 내가 용서할 수 없는 일들도 떠오르더군요. 그리고 누가 날 용서한다는 거지?

사람이라면 누구라도 실수를 하고 살지요. 죄를 짓기도 합니다. 사소한 일에서 범죄에 가까운 일 또는 심지어 범죄를 저지르기도 하지요. 그런데 문제는 내 잘못보다는 타인의 잘못이 먼저 각인된다는 겁니다. 내가 잘못한 일은 용서 받으려고 하지만, 타인이 잘못한 일에 대해서는 용서보다는 복수를 생각합니다. 사람의 속성이 이러하니까 타인을 용서하는 자신만의 방법을 만들어두는 게 좋을 것 같습니다.

예를 들자면, 에스키모인들은 화가 나면 막대기를 들고 설원으로 걸어간다고 합니다. 걷다 보면 화가 풀리는 지점이 있는데, 거기에 막대기를 꽂아 표지로 남겨두고 돌아온다고 합니다. 다음에도 같은 방식으로 걸어가 치밀어 오르는 화

221

를 눈처럼 녹여내는 거지요. 이 사람들의 '설원 산책'은 의미하는 바가 있습니다. 화가 나면 일단 그 자리에서 벗어나 어디론가 걸어간다는 거지요. 이처럼 자신의 환경에 맞는 방법을 찾으면 좋겠습니다. 임진강이 가까운 곳에서 사는 나는 임진강을 배경으로 시를 적은 적이 있습니다.

> 누군가를 미워하는 마음이 들면
> 임진강가에 선다.
> 아주 잠깐 그 사람의 얼굴을 떠올리고
> 강물을 바라본다, 미워하기에는 너무나 작은 얼굴
> 내 마음엔 어느새 강물이 흘러들어와
> 그 사람의 얼굴을 말갛게 씻는다.
> 그래, 내가 미워했던 것은 어쩌면,
> 그 사람의 얼굴에 묻어 있던 삶의 고단한 먼지, 때, 얼룩이
> 아니었을까?
> 그래, 그 사람의 아픔이 아니었을까?
> 그래, 내가 미처 보지 못했던 나의 상처가 아니었을까?
> ── 원재훈, 「임진강 1」 중에서

혹한의 겨울날이었습니다. 매서운 칼바람이 부는 임진강에 서서 들고 있던 서류봉투에 적은 시입니다. 왜 그런 생각이

들었는지는 모르지만, 그날 새벽에 연재하던 잡지의 원고를 쓰기 위해, 임진강의 풍경을 찍으려고 차를 몰고 갔습니다. 그런데 사진을 찍으면서 얼어붙은 강물을 보니 저절로 이런 시가 떠올랐습니다. 신뢰했던 친구에게 배신을 당해서 너무 화가 났던 시기였습니다. 그런데 강을 바라보면서 곰곰이 생각해보니 아, 어쩌면 그 녀석이 너무 생활이 어려워서, 너무 어리석어서 그랬을지 모른다는 생각이 들었습니다. 그리고 한편, 그러한 모습은 어쩌면 나의 모습이기도 했습니다.

인생은 어려운 것입니다. 앞뒤로 꽉 막힌 어려운 순간을 모면하려고, 눈 한번 꾹 감고 배신을 하거나 거짓말을 하기도 합니다. 나 역시 그랬는데, 기억을 못 하는 것일 수도 있습니다. 도덕적인 자기방어라고나 할까요. 사람들은 자기방어를 하기 위해 어떤 핑계든 만들어내는 법이니까요. 그렇다고 그 친구가 나에게 큰 사기를 친 것도 아니었습니다.

그런데 참 이상한 것이 마음입니다. 도저히 용서가 되지 않아요. 이성적으로는 그 상황을 인정하지만, 감정적으로는 용서가 안 됩니다. 그 후로는 그 친구와 연락을 하지 않아요. 아마 20년은 지났을 겁니다. 요즘에 다시 이 생각을 하니, 10, 20년 연락을 안 하고 지내는 사람들이 떠올랐습니다. 한때는 마치 의형제처럼 지냈지만, 어느 순간에 연락이 끊어지고 가끔 생각이 나면 아마도 잘 지내겠지, 무소식이 희소식이라고 생각하고 맙니다. 어쩌다 연락해도 그게 다예요. '다음에 보자' 하고는 또 몇 년입니다. 그래서 야, 우리 장례식장에서는 만나자고 농담도 던지는 겁니다.

최근에 얼어붙은 임진강을 보면서 이런 문장을 적었습니다.

얼어붙은 강물,
떨어져 비수처럼 꽂히는
날카로운 겨울 햇살
저 차갑고 단단한 침묵 밑에는
얼어붙을 수 없는 그대의 마음이 흐른다.

— 원재훈, 「얼음낚시」 중에서

사람이라면 누구나 강물처럼 살아갑니다. 한파가 몰아쳐 돌처럼 강물이 얼어붙습니다. 하지만 그 아래에는 따뜻한 물길이 흘러갑니다. 그 물속에 물고기들도 살아갑니다. 얼음을 깨고 낚시를 하면 확연하게 보이는 것들입니다. 분노에 차서 누군가를 용서할 수 없다고 할 때, 그건 강물이 한파에 얼어붙은 것과 같은 상태입니다. 하지만 당신은 알고 있지 않습니까. 그 강물 밑에 생명력이 넘기고, 참 따뜻한 물길이 흘러가고 있다는 걸 말입니다. 그 물길이 흐르고 흘러 섬진강의 산수유를 피우는 기운이 됩니다. 그 마음이 바로 그대의 마음입니다.

그리고 어느 날이었습니다. 입춘이 가까워지자 강물이 풀리기 시작하면서 얼음덩어리가 강물 위에 둥둥 떠 있습니다. 봄이 가까워졌다는 징후입니다. 그것들을 유심히 바라봅니다. 축복 쏟아지는 햇볕이 강물에 떨어지고 청명한 하늘에서 투명한 꽃이라도 피어날 듯이 풍광이 아름답습니다. 아름다운 사람이 되기 위해서는 자연이 얼어붙은 강물을 풀어내듯 용서를 한다는 거지요.

피아노와 바이올린의 협연처럼 용서란 아무 말도 하지 않고 서로 어울리고 끌어들이고, 밀어내면서 이루어지는 하모니와 같습니다. 하모니란 가까이 또는 멀리 있는 음표들이 서로 어울리면서 만들어내는 조화로운 상태입니다. 슈베르트의 피아노 삼중주가 끝났습니다. 음악이 끝나고 시작되는 침묵은 무언가를 용서하고 있었습니다. 그 자리에서 용서란 무엇인지를 곰곰이 생각하기 시작했습니다.

"용서란 용서할 수 없는 것을 용서하는 것이다."

— 자크 데리다

225

2

용서는 복잡하고 어려운 마음입니다. 우리는 보통 용서를 일상적인 차원으로 이해하지요. 그런 다음 용서하기 힘든 문제는 종교적 차원으로 접근합니다. 용서는 위대한 사람들의 전유물처럼 느껴지기도 합니다. 공자, 부처, 예수 등 성인들은 용서의 대가입니다. 공자는 '인'으로, 부처는 '자비심'으로, 예수는 '사랑'으로 사람들을 선한 길로 인도합니다. 간혹 기도를 통해서 접근하려 해도 용서는 어려운 문제지요.

사법제도가 일정 부분 용서의 역할을 합니다. 개인 간의 원한과 분노를 사법제도가 개입하여 공정한 판결을 내려 분노를 잠재우곤 합니다. 개인의 복수는 사회를 혼란스럽게 하고 개인적으로는 꼬리에 꼬리는 무는 피폐한 삶을 살게 합니다. 현대인들은 대부분 사법제도와 종교에 의지해서 가해자에게 입은 피해와 그로 인해 야기되는 분노를 해결하는 방편으로 삼습니다.

그리스 신화에서 등장하는 '퓨리'는 그리스 비극작가 아이스킬로스는 삼부작 『오레스테이아』에 등장하는 분노의 여신입니다. 아가멤논 가문의 분노와 복수가 이어지는 비극인데요. 아테나 여신은 도무지 끝날 기미가 보이지 않는 복수의 반복을 마감하려고 법적 제도를 도입합니다. 기원전 5세기의 이야기이니까, 사법제도의 시발점이라고 해도 될 겁니다. 아테나는 전통적으로 내려오는 퓨리의 복수 대신에 판사, 배심원, 공정한 변론과 증거 제시 등을 통하여 타인의 피를 흘리게 한 죄를 법에 따라 해결하고자 시도합니다. 그럼 이제 평화의 시대가 오는 걸까요? 천만의 말씀입니다. 아테나는 이것만으로는 절대 평화가 오지 않는다는 사실을 잘 아는 지혜로운 신이었습니다. 그녀는 퓨리들에게 지하 깊숙한 곳에 거처를 마련해주고 분노를 버리고 자비심을 가지라고 설득합니다. 이 지점이 매우 중요합니다.

아이스킬로스는 아주 중요한 문제를 건드리고 있습니다. 용서에 대한 고전적인 해석입니다. 이러한 태도는 분노를 어떻게 다스리고 용서하는지를 잘 보여주고 있습니다. 아테나는 퓨리들과의 대화를 통해 그 검은 분노의 물결에 깃든 힘을 자제하라고 설득합니다. 분노의 신에게 정체성을 바꾸라고 합니다. 대신에 땅속에 마련된 영광스러운 자리와 시민들의 존경을 제시합니다. 분노를 버리면 그만큼 대접을 하겠다는 거지요.

권력이 있다고 찍어누르는 것이 아니라 (명령한다면 더 분노할 겁니다) 문제 해결을 위해 타협안을 제시하는 겁니다. 이 거래를 통하여 근본적인 변화를 이끌어내 마음 깊숙한 곳에서 자비심이 솟아오르도록 설득하는 겁니다. 민주주의의 원조다운 발상입니다. 퓨리들은 아테나의 제안을 수용하고, 평온한 성품, 보편적 사랑이라는 방식의 통하여 사랑을 주겠다고 만인에게 선언합니다.

이러한 내적 변화는 외모의 변화를 가져옵니다. 묘사하기 힘들 정도로 추악한 몰골을 가진 복수의 신이 아름다운 여신이 되어 아테나의 시민들과 함께하는 존재로 거듭나고, 이름도 자비로운 여신을 뜻하는 '에우메니데스'가 됩니다(철 지난 유행가 가사처럼 '사랑을 하면은 예뻐'지고, 미워하면 미워집니다. 너무 당연한 말을 했네요. 문제는 이 당연한 말이 사실이라는 데 있습니다. 미인이 되고 싶은가요? 돈 들고 성형외과도 가야겠지만, 할 수만 있다면 지금 당장 미움을 거둬치고 사랑을 택하세요).*

'분노와 용서'는 추함과 아름다움, 전쟁과 평화를 의미합니다. 이러한 사실은 조금만 생각하면 누구나 알 수 있는 자명한 일입니다. 그런데 용서란 왜 그렇게 어려운 걸까요? 용서하면 세상 평화로운데, 심지어 아름다워진다고 하는데, 그게 왜 이렇게 힘든 일인가요? 그것은 가해자를 대하는 태도 때문입니다. 가해자가 전혀 뉘우침이 없는데 피해자가 용서할

* 누스바움의 『분노와 용서』라는 저서에서 이 문제를 심도 있게 다루고 있습니다.

수 있을까요? 그럼 사회정의는 어디로 가는 건가요. 용서와 정의는 어떤 관계인가? 과연 자크 데리다가 남긴 명언인 '용서란 용서할 수 없는 것을 용서하는 것'이라는 명제가 가능한 일일까요? 하지만 용서란 무엇인지 궁리하다 보면 뭔가 방법이 있지 않을까요.

이성을 마비시키는 감정 안에서 용서란 너무나 힘들고 어려운 일입니다. 굳이 개인적인 일까지 떠올리지 않더라도 뉴스의 단골 주제로 등장하는 세월호 참사에서 일본의 위안부 문제까지 정말 어려운 일이지요.

감정 문제는 감정으로 푸는 것이 상책입니다. 이성으로 통제하려고 하면 거짓 용서가 되기 쉽습니다. 이성은 감성을 파악하기 위한 도구로만 사용합니다. 용서란 우리가 마주하는 대상에서 발생하는 긍정적인 착한 감정입니다. 분노는 부정적인 나쁜 감정입니다. 이것을 개인적 원한이나 분노에서부터 시작해서, 범위를 확장해 멀리 있는 사회 정치적인 문제들로 일단 구획을 정해보고자 합니다. 즉 '근시(近視)용서'와 '원시(遠視)용서'로 나누어 몇 가지 문제를 생각하려고 합니다.

근시용서는 개인과 개인, 개인과 다수의 관계에 한정된 것입니다. 여기에서 다수는 가족이라던가 직장 정도의 거리감을 갖는 관계 설정입니다. 개인적 원한에서 비롯된 분노는 사람을 병들게 합니다. 오죽하면 '화병에 걸려 죽는다'라는 말이 있을 정도니까요. 고대 중국에서는 피해자가 부모를 죽인 원수를 6개월 안에 찾아내 살해하더라도 법적 책임을 묻지 않았다고 합니다. 6개월이 지나야 그때부터 살인죄가 적용되었습니다. 이러한 법령을 생각하면 그 사회의 분위기를 짐작할 수 있습니다. 부모에 대한 효를 중시하는 국가체계에서 아버지를 죽인 범인은 도저히 용서할 수 없는 일일 겁니다. 하지만 용서를 한다는 것은 이러한 법제의 규범에서 완전히 벗어난 상태입니다.

용서란 녀석을 곰곰이 살펴보면 몇 가지 특징이 있습니다. 일단 분노와 연결되어 있습니다. 분노가 없는 상태에서는 용서도 없습니다. 분노란 무엇인가? 그것은 과거의 상태를 의미합니다. 분노는 현재진행형이지만 과거에 몰입된 상태입니다. 과거의 감정 스트레스가 현재를 붙들고 있는 형태입니다. 최근 국내 의학계(고려대학교 구로병원)에서 3차원 입체 분자 영상을 이용해 감정 스트레스가 심근경색 발생에 미치는 영향을 규명했습니다. 영화에서 노인이 화를 내다가 갑자기 가슴을 쥐고 쓰러지는 모습을 가끔 보게 되는데요. 실제로 일어나는 '급성 심근경색'입니다.

감정반응을 관장하는 대뇌 영역인 편도체 활성도와 심장마비를 일으키는 동맥경화 염증 활성도가 증가하는 데 밀접한 상호 연관성이 존재한다는 거지요. 즉 심근경색이 심해질수록 감정과 연관된 대뇌 편도체 활성도가 증가하고, 심근경색이 회복하면 감소한다고 합니다. 환자의 감정 과잉 상태가 심장마비와 밀접한 관계가 있다는 사실을 '3차원 입체 영사 처리 기술'을 통하여 사진으로 밝혀냈습니다. 이러한 과학적 사실을 통해 과거의 분노가 현재의 심장을 멈추게 하는 독소임이 밝혀졌습니다.

만약에 분노하지 않았다면, 무조건적인 용서의 상태가 된다면 심장마비는 줄어들겠지요. 우리의 일상도 마찬가지입니다. 그렇다면 어떻게 분노를 다스릴 것인가? 그건 무척 어려운 문제이지만, 이러한 사실만 알고 있어도 어느 정도는 도움이 되지 않을까요?

저의 경우에는 무척 화가 나면 화를 낸 다음의 상태, 즉 미래를 예측해봅니다. 예를 들어 누군가를 죽이고 싶어서 정말 죽였다고 가정해봅니다. 순식간에 할 수 있는 상상입니다. 잠깐 생각해보시길 바랍니다. 어떤 결론이 나오나요? 분노를 자제하지 못하는 사람에게 미래는 없습니다. 미래가 없다는 말은 그 사람의 삶이 멈추었다는 이야기입니다. 살아도 사는 것이 아니지요.

Dorflandschaft

용서란 용서할 수 없는 것을 용서하는 것이다.
분노를 자제하지 못하고 용서할 줄 모르는 사람에게 미래는 없다

불교에서는 이러한 상태에서 벗어나기 위해 '업(카르마)'이라는 개념을 제시합니다. 현세의 일들은 모두 과거의 업 때문에 일어나기에 집착을 버리라고 하지요. 업은 집착에서 시작되는 고통스러운 결과입니다. 이렇게 집착에서 뿌리를 찾아 고행한 부처가 깨달은 사상이 바로 연기론입니다. 집착에서 벗어나면 업의 고리에서 벗어날 수 있다고 합니다. 어떤 사람에게 매우 불행하거나 억울한 일이 일어났다고 합시다. 정말 뭘 해도 되지 않고, 엎어진 자리가 지뢰밭이 되는 겁니다. 이러한 연유가 무엇인가. 그것은 그 사람이 과거에 저지른 일, 즉 업 때문이라는 겁니다.

현재는 과거의 반영이기 때문에 나름 과학적인 설명입니다. 이런 상태에서 벗어나려면 지금 현재를 잘살아야 합니다. 그것이 다가올 미래의 삶을 바꾸는 겁니다. 현재는 과거의 업 때문에 정말 더럽게 재수가 없어도, 거기에 얽매이지 않고 선행을 베풀며 현실을 살면 미래가 달라지고 업이 사라집니다. 즉 고통스러웠던 현재가 달라지는 거지요.

지금 내가 부당한 일을 당해도 용서하는 마음이 있다면, 그 업의 고리를 끊어버릴 수 있다는 거지요. 그래서 예수는 오른쪽 뺨을 때리면 왼쪽 뺨을 내밀라고 했습니다. 어찌 보면 바보 같은 이 행동이 용서라는 겁니다. 하지만 예수의 뺨을 때리는 사람이 감히 어디 있겠습니까? 이런 이유는 예수라

233

는 존재를 우리가 알기 때문입니다. 즉 인격적으로 완성된 사람, 신의 아들, 용서의 화신이라는 존재라는 걸 알기 때문이지요. 한 인간이 이런 경지에 오른다는 것은 거의 불가능할 겁니다. 하지만 적어도 그를 닮으려고 노력할 수는 있습니다. 그래서 용서의 개념이 중요하다고 느끼는 겁니다. 비록 현실적으로 힘들지라도 궁리하고 연구하고 그 결과를 생활에 반영한다면 개인이 사회변화의 원동력이 되는 겁니다.

용서란 어떤 조건 아래서 가능한 것이 아닙니다. 예를 들어 상대방이 진정으로 뉘우치고 사과를 한다거나, 법적 처벌을 받았다거나 하는 조건에서만 용서한다면 그건 용서가 아닙니다. 그것은 죄에 따른 벌이고, 행동에 대한 당연한 결과입니다. 이것은 법의 영역이기도 합니다. 하지만 살기 좋은 사회는 법과 교도소가 최소한의 공간을 차지하는, 아량과 용서가 더 넓은 마당으로 형성되는 사회입니다. 조건을 갖추고 하는 용서는 정상적인 사람이라면 누구나 할 수 있는 일입니다. 무조건인 용서가 되어야 그것이 진짜 용서입니다. 어쩌면 용서란 특별한 사람이 하는 특별한 행위일 수 있습니다. 이것은 신이나 부모의 사랑과도 같은 상태입니다. 용서의 개념을 이렇게 설정하지 않으면 모든 문제가 아주 복잡해집니다. 이 짧은 글에서 다룰 주제가 아니지요.

원시(遠視)용서의 영역으로 넘어가면 용서의 문제가 더 복잡해집니다. 개인 대 단체 혹은 국가, 단체와 단체의 양립, 국가 대 국가와 같은 넓은 의미를 포괄합니다. 원시용서의 영역에서 대표적인 사례가 독일의 유대인 집단 학살입니다. 철학자들도 이 문제에 봉착하면 마치 이성을 잃어버린 사람과도 같은 말을 합니다.

예를 들면, '용서는 죽음의 수용소에서 죽었다'(블라디미르 장켈레비치) 같은 처절한 발언이 있습니다. 아도르노의 '아우슈비츠 이후 서정시가 가능할까'라는 심오한 질문 또한 그렇습니다. 신의 침묵, 양심의 침묵, 이성의 침묵만이 죽음의 수용소를 휘감고 있는 이 절대악의 상황 속에서 용서가 개입할 여지는 없어 보입니다. 자유의 시인 폴 엘뤼아르는 더 과격하게 노래합니다.

> 우리가 도살자들을 용서할 수 있는 한
> 이 땅에 평안은 없다.

이러한 문장이 갖는 힘은 '유대인 학살'이 얼마나 반인류적 행위인지를 강조합니다. 이 문제의 핵심은 누가 누구를 용서하는가. 혹은 하지 않는가에 있습니다. 히틀러를 비롯한 독일인을 피해자인 유대인들이 과연 용서할 수 있을까 하는 문제에 대해서는 다음과 같은 해답이 나와 있습니다. '절대 용서 불가, 처벌에 시효 없음, 지구 끝까지 찾아가 법정에 세운다.'

시몬 비젠탈은 극적으로 죽음의 수용소에서 살아남았습니다. 그는 1,100여 명에 달하는 나치 범죄자들을 법정에 세웠습니다. 그는 프랑스 정부로부터 레지옹도뇌르 훈장을 비롯해 미국, 네덜란드, 이탈리아, 이스라엘 정부에서도 훈장을 받고 생을 마감했습니다. 그의 생을 담은 영화와 드라마에서 정의의 화신으로 형상화된 인물입니다.

그는 자신의 생을 회고하고 우리에게 묻습니다. '당신이라면 어떻게 했겠는가?'라고 말이지요. 제가 묻지요. 이미 죽음의 수용소는 다들 아실 겁니다. 여기에서 집단과 개인의 문제가 발생합니다. 나치 전범들이 처벌받는 것은 당연한 일이지요. 거기에 누가 반론을 제기하겠습니까. 하지만 그 집단에 함몰된 사람들이 있습니다. 단지 유대인들이 유대인이라는 이유만으로 처형되었듯이, 이들에게 강박감을 심어주는 것은 아닐까요.

용서를 일정한 카테고리로 나눠볼 수 있습니다. 개인적 차원, 집단적 차원, 사회적 차원, 국가적 차원으로 나누어지고, 단계별로 용서에 대한 개념이 달라집니다. 그리고 이상의 단계들은 서로 유기적인 관계를 맺고 있습니다. 따로 떼어 놓을 수 없게 단단하게 결속되고 뒤섞여 있습니다. 마치 모든 장기가 연결된 인체와도 같은 상태입니다. 그래서 용서를 알려면 이것들을 해체해서 분리하는 과정이 필요합니다. 뇌와 척추가 연결되어 중추 신경계를 이루듯이, 용서는 분노와 직결되어 있습니다. 분노는 척추가 끊어져 용서하지 않은 마음이 터져 나오는 순간입니다. 용서가 없다면 우리는 병든 사회에서 살게 됩니다.

3

용서는 운동입니다. 운동은 자신의 몸을 건강하게 하는 사람들의 동작이 반복되는 것을 말하지요. 역기를 든다는지, 걷기를 하는 동작은 반복하는 동작으로 신체를 건강하게 만드는 동작들입니다. 용서는 매우 일상적인 행위에서 비롯됩니다. 사소한 행동이라 생각해 저것도 용서인가 싶을 행동에서 시작됩니다. 엘리베이터에서 내리다가 툭 부딪쳤을 경우 가볍게 '죄송합니다'라고 하는 것도 작은 용서의 시작입니다. 이런 행위가 마치 운동행위처럼 반복되면서 감당하기 힘든 경우에도 그 '용서 근력'으로 버티게 해줍니다.

운동은 미래지향적인 동작입니다. 과거를 위해서 운동하는 사람은 없습니다. 과거에 집착하지 말라. 개인이든 집단이던, 사회적이든 정치적이든 간에 '무조건 용서'를 해야 하는 이유 중에서 모든 사람이 이구동성으로 하는 말이기도 하지요. 과거의 분노에 눈이 멀어서 현실을 보지 못하는 거지요. 맹목적 상태는 인간에게 가장 위험합니다. 눈에는 눈이라는 말이 있지만, 간디는 "눈에는 눈으로만 대하다 보면 눈이 멀어버린다"라고 말했습니다.

우리가 한창 운동을 할 때는 몸이 힘들기도 하지만 미래의 내 모습으로 보답하기에 사람들은 걷고 달리고 들고 하는 겁니다. 이런 과정을 거치면서 운동을 하는 사람이 아름다운 몸을 갖게 되듯이, 용서하는 사람 역시 아름다운 마음을 갖게 된다고 믿습니다. 반면에 용서를 노동으로 여겨서는 안 됩니다. 사회적 문제가 되는 택배 노동자들처럼 과중한 노동을 하면 병이 나거나 심지어 사망합니다. 종교적 이유나 사회적 체면 때문에, 또는 대응할 용기가 없어서 억지로 용서한다면 그는 병들게 됩니다. 그런 경우에 화병이 생깁니다. 운동과 노동의 차이를 생각하면서 용서의 개념을 정리하면 조금은 용서의 윤곽이 드러납니다.

용서는 예술 또는 예술적 행위입니다. 예술은 현실은 아니지만, 현실을 반영하는 창의적 특징이 있습니다. 용서는 누가 대신해 줄 수 없는 나만의 창의적 행동입니다. 공장에서 생산되는 것이 아니라, 내 손으로 직접 다듬어 만들어내는 나만의 작품입니다. 그것은 아름답고, 고귀하며, 세상을 구원할 수도 있는 작품입니다. 그래서 어려운 겁니다. 세상에 어떤 용서인들 쉽겠습니까. 어쩌면 예술가들의 창작행위보다 더 어려울 수도 있을 겁니다.

음악에서도 용서의 개념을 발견할 수 있습니다. 일단은 보편적인 생각이지만, 음악 자체가 음들이 서로 어울려 하모니를 만들어내는 일입니다. 좋은 작품일수록 청중의 공감이 폭넓어지겠지요. 바이올린과 피아노의 협연처럼 말입니다. 현악기와 피아노는 서로 다른 성질을 가지고 있지만, 둘이 어우러지면 명곡이 만들어집니다. 그것이 베토벤을 비롯한 음악가의 창조 행위입니다. 음들이 서로 어울린다는 것은 서로가 받아들인다는 의미이며, 이것이 넓게는 용서의 의미로 다가옵니다.

말러의 교향곡 2번 〈부활〉에서 용서의 개념을 찾을 수 있을 겁니다. 말러는 유대교에서 기독교로 개종한 음악가입니다. 그는 이 교향곡의 주요 악장에 대해 이런 글을 씁니다. 성경의 '최후의 심판'에 대한 그의 음악적 해설과 시각은 이렇습니다.

이것은 심판이 아니다. 죄인도 의인도 없다. 누구도 크지 않고 누구도 작지 않다. 어떠한 처벌도 보상도 없다. 압도적인 사랑이 우리의 존재를 밝힌다. 우리는 알고 있고 존재한다.

— 마사 C. 누스바움, 「용서 : 계보학적 탐구」, 『분노와 용서』(뿌리와이파리, 2018)에서 재인용

말러는 이 글에서 용서의 개념을 도출합니다. 압도적 사랑이 우리의 존재를 밝힌다고 했지요. 지옥에 떨어지는 죄인이나, 구원받은 의인이 없다고 합니다. 성경에 대한 색다른 해석입니다. 이 악장의 구상은 말러에게 유독 적대적이었다고 하는 반유대주의 독일인 지휘자인 한스 폰 뷜로의 장례식에 참석하는 자리에서 영감을 얻었다고 합니다. 이러한 상황에서 용서를 유추해볼 수 있을 겁니다. 적대적인 사람이 어떤 회개나 사과도 하지 않았지만 그를 죄인이라고 단정하지 않습니다. 말러는 자신의 음악을 통해 무시무시한 종말론 대신에, 사랑에 의한 세상을 노래합니다. 그렇게 미래의 종말론을 사랑과 창의력으로 대체합니다. 예술가들의 이러한 해석이 용서에 대한 디딤돌이 된다고 생각합니다. 그의 음악에서 부활은 과거에 있었던 예수의 부활이라기보다는, 현실적인 용서의 부활이라고 해석해도 되지 않을까요. 물론 넓게 보면 비슷한 맥락이긴 합니다.

말러는 자신의 교향곡 1번 공연을 위해 동분서주하던, 그의

이력에서 매우 중요한 시기에, 적대적 행위로 자신을 대했던 폰 뷜러에 대해 분노했을 겁니다. 그 마음이 교향곡 2번에도 그대로 이어졌겠지요. 그런데 뷜러의 장례식에서 중요한 장면을 구상했다는 것은 용서로 볼 수 있지 않을까요. 음악, 즉 예술의 창의적 행동은 바로 이러한 점에 있습니다. 개인적 분노를 음악적 용서로 포용하는 장치로서 기능이 있다는 거지요.

음악은 사람을 때리지도 않고 화를 내지 않습니다. 그것은 음악이 분노를 녹이는 용광로 같은 것이기 때문입니다. 좋은 음악을 들으면 우리는 멍하니 하늘을 보기도 합니다. 그러한 태도가 바로 용서의 태도입니다. 이것이 중요하지 않을까요? 지구에 '최후의 날'이 와서 사람들이 신음하고 회개하면서 고통스러워하는 것보다는, 그저 말러처럼 자신의 길을 가는 겁니다. 이러한 자존감 넘치는 태도가 타인을 진정으로, 앙금없이 용서하는 한 방편일 겁니다. 말러는 그것을 음악으로 보여주었고, 우리는 우리의 방식에 맞는 태도를 예술가처럼 사용하는 겁니다. 예를 들자면, 스피노자처럼 '내일' 지구의 종말이 올지라도 '오늘' '사과나무' 하나를 심는 거지요.

용서는 무조건적인 사랑입니다. 기독교인들은 성경에서 용서를 번역할 때, 용서라는 단어 대신에 사랑을 쓴 것처럼 보이기도 하지요. '돌아온 탕자'로 유명한 아버지의 사랑과 고린도전서에서 바울이 이야기한 "사랑은 화내지 않습니다. 사랑은 앙심을 품지 않습니다"라는 말씀이 그러합니다. 이 문장에서 사랑은 용서의 번역일 겁니다.

사랑한다면 용서할 수 있습니다. 우리는 사랑할 수 없어서, 혹은 하지 않아서 용서할 수 없는 겁니다. 원수를 사랑하라고 한, 예수의 말씀이 용서에 대한 기독교의 진리인데요. 사실, 이러한 용서는 상대방의 회개가 있을 때 가능한 조건부 용서라고 할 수 있습니다. 이러한 면과 더불어, 그 유명한 눈에는 눈, 이에는 이가 동시에 존재하니 용서는 상대방이 뉘우치지 않는다면 가능하지 않다는 이야기가 되기도 합니다. 하지만 사랑이 과연 그런 것일까요? 적어도 인간과 인간의 관계에서 용서는 어떤 이유나 조건이 없을 때 그 가치가 더 빛날 겁니다.

인간 사이에 벌어지는 문제는 너무 복잡하기에 그것을 단순화하다 보면 분명 오류가 발생합니다. 피해자와 가해자가 법을 통하여 문제를 해결하려는 구조에서는 수많은 오해와 분노가 산재할 겁니다. 심지어 법정의 판결이 나오고 형을 마치고 나와도 흉악범에 대한 분노가 사라지지 않고 더 증폭되기도 하지요. 조두순의 경우가 그렇습니다. 그렇다면 조

Klingjore Balkon

사랑한다면 용서할 수 있습니다.
우리는 사랑할 수 없어서,
사랑하지 않아서 용서할 수 없는 겁니다.

두순 같은 사람도 무조건 용서해야 하느냐는 질문 앞에서는 말문이 막힙니다. 왠지 그건 아닌 것 같거든요. 그리고 '누가 누구를 용서하는가?'라는 문제가 제기되기도 합니다. 사회적 공분을 산다는 말이 심심치 않게 등장하기도 하는데요. 사건의 직접 피해자가 용서한다고 해도 사회적 분노가 가라 앉지 않기도 하고, 피해자가 용서하지 않았는데 신의 대리인을 통해 신이 용서했다고 판단을 내리기도 하는데, 설득력이 부족합니다.

사회적 이슈를 몰고 다니는 이런 개인의 사례를 넘어서서, '부처님 말씀 같은' 원론적인 이야기를 하기는 참으로 불편합니다. 무조건적인 용서가 가능하지 않다고 생각하기 때문입니다. 피해자의 무조건적인 용서가 가능하려면 먼저 그것을 가능하게 하는 사회적 구조가 필요합니다. 용서에 앞서 믿고 살아갈 수 있는 마을이나 동네가 있어야 개인의 용서가 가능해집니다. 위험한 구조에서는 다시 피해자의 희생이 발생할 수도 있고, 이런 분위기가 만연하면 결국 개인이 용서 대신에 총을 들고 자신을 방어하는 나라가 될 겁니다. 이건 정말 끔찍한 지경이 되는 겁니다. 그래서 저는 아무리 공허한 외침이 될지라도 용서는 사랑이라고 주장합니다. 이런 마음이 없다면 용서란 그저 무기력한 사람의 현실도피밖에 되지 않겠지요.

용서란 어쩌면 우리가 풀어내야 할 아포리아일 겁니다. 하나의 명제에 대해 증거와 반증이 동시에 존재해서 그 진실성을 확립하기 어렵다는 뜻입니다. 하지만 용서할 수 없는 그 지점에서 용서는 다시 시작됩니다. '용서해주세요. 용서합니다.' 참 단순하고 일상적인 대화이지만, 우리가 용서에 대해서 잘 생각하지 않는다면, 진정한 용서를 할 수 없이 그저 그때그때 지나가는 말 정도만 인식될 겁니다. 이 말의 깊이는 심해보다도 더 깊고 어두운 상태입니다. 단어 하나의 의미를 안다는 것은 보통 일이 아닙니다. 용서는 특히 더 어렵습니다. 이 글의 결론을 낼 수 없다는 절망감에 시달릴 때 신기한 일이 벌어졌습니다. 아주 가까운 거리에 세상에 무조건적으로 용서하는 존재가 있었습니다. 어느 날, 거리에서 아장아장 걸어가는 아이를 보고 번쩍 정신이 들었습니다. 아, 바로 저거다. 저게 바로 용서다. 용서는 바로 갓난아이들입니다. 갓난아이들은 무조건 용서합니다. 신이 갓난아이를 사랑하는 이유는 바로 여기에 있는 것이 아닐까요?

니체는 인간의 삶을 세 단계로 나눕니다. 낙타의 단계, 사자의 단계, 아이의 단계입니다. 인간이 도달할 수 있는 최고의 상태가 바로 아이의 단계입니다. 물론 아이의 단계는 생물학적인 유년기가 아니라, 낙타와 사자의 단계를 거치고 최고의 경지에 오른 현자의 단계를 의미합니다. 그 상태가 아이와 같다는 겁니다. 순진무구하고 무조건 사랑하고, 무조건 용서하는 단계가 바로 니체가 말하는 아이의 단계입니다. 그것은 공기처럼 가볍고 물처럼 모든 것을 받아들이면서 제 갈 길로 흘러갑니다. 아이가 하나 태어날 때마다 무조건적인 용서 하나가 같이 태어납니다. 그 아이가 자라 점점 본성을 잃어가고 분노의 화신이 되기도 하지만, 그 상태를 다시 회복할 수 있다면 그는 니체가 말한 초인이고, 불교에서 말하는 부처입니다.

'아, 용서해야 할까, 용서할 수 없는데, 그래도 용서해야만 하는데, 아니야 아니야, 절대로 안 되는 일이야. 그럴 수는 없어.' 이런 고통에 시달린다면 잠시라도 당신이 사랑하는 아이의 얼굴을 떠올려보시길 바랍니다. 그 아이가 방긋 웃고 있다면 어두운 분노의 밤에 빛이 떨어지는 순간입니다. 그 아이는 이미 모든 것을 용서했습니다. 아이에게는 용서라는 그 어려운 개념 자체가 없기 때문입니다.

Bei Muzzano Cortivallo

어느 날, 거리에서 아장아장 걸어가는 아이를 보고 번쩍 정신이 들었습니다.
아, 바로 저거다. 저게 바로 용서다.

Sommerliche Tessiner Seelandschaft

"용서는 죽음의 수용소에서 죽었다"(쟝켈레비치), "아우슈비츠 이후 서정시는 없다"(아도르노)고 하지만,
다시 한 번 바로 나를 위해, 남이 아닌 나 자신을 위해 용서합시다.

29. 사랑의 마음

사랑은 물방울로 태어나서 바람에 실려 구름까지 올라가다가,
기어이 비로 내리는 지상의 축복입니다.

1

당신은 사랑을 볼 수 있습니까? 눈에 보이는 것도 보기 바쁜
세상에서 도대체 사랑이 무엇일까? 사랑의 대상에 따라 참
으로 복잡하고 다양한 갈래가 있습니다. 신에 대한, 어머니
아버지에 대한, 자식에 대한, 연인에 대한, 가난한 자에 대
한……. 어떤 대상을 한정하지 않고 막연히 사랑에 대한 시
를 생각해보니, 류시화 시인의 「그대가 곁에 있어도 그대가

그립다」가 생각납니다.

사랑에 대해서 마치 새의 부리가 모이를 쪼듯이 마음을 콕 쪼아내는 느낌이 있는 시입니다. 물과 하늘이라는 광활한 공간을 사람의 내면에 비유하면서 그 안에 있는 존재를 호명하는 순간 주위에 공기가 떨리면서 누군가의 얼굴이 떠오른다면, 그게 바로 '그대'라고 할 수 있습니다. 그대는 멀리 있는 것이 아니라 곁에 있다고 합니다. 그런데도 그립군요. 간절한 마음이 잘 전달됩니다. 참 소중한 마음입니다.

"그대가 곁에 있어도 나는 그대가 그립다"라는 문장처럼 상식을 뛰어넘는 역설법을 적절하게 사용하면 문장의 울림이 커집니다. 그리움이란 멀리 있을 때 생기는 감정만이 아니라는 거지요. 그만큼 사랑한다는 뜻이기도 합니다. 이러한 설명을 간단하고 명료하게 정리하는 힘! 역시 짧은 한 줄의 시가 주는 울림이 큽니다. 이 시를 보면 '내 안에는 내가 너무나 많아'라고 노래하는 '시인과 촌장'이 떠오르기도 하는데요. 오늘 하루만 돌아봐도 참 여러 형태의 '나'가 내 안에서 살아갑니다. 그런데요. 내 안에서 사랑으로 만나는 사람은 누구일까. 자신이 처한 상태에 따라 그대는 여러 모습으로 나타날 수 있을 겁니다.

그 대상을 연인이라고 하기에는 뭔가 아쉽습니다. 부모나 친구, 존경하는 선생이나 심지어 정치 지도자까지도 그대가

251

될 수 있겠습니다. 처음 이 시를 보았을 때는 연애의 감정이라고 생각했는데, 지금 다시 보니 꼭 그런 것만은 아니지요. 시는 읽는 이의 경험에 따라 달리 읽힙니다. 사랑에 대해 이 정도의 언어로 노래하는 건 참 대단합니다. 하지만 사랑의 대상이 뚜렷하지 않으니 뭔가 막연합니다. 애매성, 그것도 역시 시가 가진 매력이긴 하지만 말이지요.

세상을 움직이는 진정한 힘은 사랑에 있을 겁니다. 물질과 자본이 세상을 움직인다고들 하지만, 사랑이 없다면 물질이나 자본에 생명감이 사라집니다. 사랑이 있는 빵과 환경을 생각하는 자본만이 사람을 살게 합니다. 이것이 사랑입니다. 세상을 움직이는 가장 중요한 에너지는 사랑입니다. 자본이나, 종교, 정치체계, 철학 등은 모두 사랑의 시녀일 뿐입니다.

기독교 정신의 정수인 예수가 전파한 사랑이라는 말은 종교의 울타리를 뛰어넘어 사람들에게 너무나 큰 울림을 주고 있습니다. 진정한 사랑은 유형화할 수 없는 무정형의 형태를 떱니다. 물, 바람, 구름 같은 무정형의 형태가 바로 자연의 사랑입니다. 사랑은 물방울로 태어나, 바람에 실려, 구름까지 올라가, 기어이 비로 내리는 지상의 축복입니다. 사람들이 사는 동안 상처받아서 여기저기 모나고 각진 우리의 고통을 사랑이 치유하는 이유입니다. 그렇다면 이런 짧은 시가 가능하지 않을까요?

　　사랑은 물방울로 태어나
　　바람에 실려
　　구름까지 올라가
　　기어이 비로 내리는 지상의 축복.

사랑은 태초부터 지금까지 한 번도 늙거나 병들지 않았습니다. 동식물과는 달리 일정한 형태가 정해지지 않은 유기적 존재입니다. 보편타당한 사랑의 정의를 설정한다는 것은 무모하며, 불가능하고 무의미한 일입니다. 결국 사랑에 대해서는 일정 부분을 다룰 수밖에는 없을 겁니다. 이런 경우에는 사랑의 시원이라고 할 수 있는 신화적 상상력에서 시작하는 것이 좋겠습니다. 신화는 우리의 무의식과 일상생활 속에 깊이 스며들어 있습니다. 그런 의미에서 현대인들에게 많은 공감을 얻는, 그리스 신화의 개념인 에로스와 구약성경의 개념인 아가페로 한정해서 사랑을 설명하고 시와 연결고리를 찾아보고자 합니다.

'에로스'는 그리스 신화에 등장하는 신이면서 동시에 사랑(이성애)의 대명사로 여겨집니다. 별칭은 아모르(라틴어) 혹은 큐피트라고도 합니다. 에로스는 미의 여신 아프로디테의 아들로 화살을 쏘는 날개 달린 귀여운 소년의 이미지로 화가들의 화폭에 등장합니다. 예술가들에게 에로스는 매우 중요한 소재였습니다. 하지만 이러한 예술적 의미 이전에 신화적인 이설이 있습니다.

원래 에로스는 천지창조의 카오스 상태에서 가이아(대지), 카르타로스(심연)와 함께 태어난 태초의 신이었습니다. 형상을 갖추었다기보다는 일종의 기운이고. 이 기운이 만물을 서로 어울리게 해서 세상을 만들어갑니다. 에로스뿐만 아니라 그리스 신화에 등장하는 신들에 관한 여러 이설이 있습니다. 그중에서 가장 대중적인 이미지가 회화 작품으로 탄생한 활을 쏘는 귀여운 소년 에로스입니다.

그리스어에는 사랑을 네 가지의 유형으로 분류합니다. '에로스'는 남녀의 성적인 사랑과 열정을 의미하고, '필리아'는 친구의 사랑과 우정을 의미합니다. '스트로게'는 가족의 사랑과 부모와 자식의 사랑, 특히 자식을 향한 부모의 무조건 사랑을 의미합니다. '아가페'는 신이 인간을 사랑하는 숭고한 마음입니다. 아가페는 신약성경에 나오는 예수의 무조건적인 사랑, 즉 인간을 위해 자신을 희생한 인간에 대한 신의 사랑으로 에로스와 대비됩니다. 에로스와 아가페는 크게 구분되어 보이지만, 더 넓게 생각하면 결국 합일(남녀의 합일, 신과 인간의 합일)이라는 점에서 공동의 가치를 발견할 수 있습니다.

그리스의 철학자 플라톤은 『향연』에서 아리스토파네스의 우화를 인용하는데요. 옛날에 인간은 팔과 다리가 각각 네개, 얼굴이 두 개인 상태였는데, 그것이 서로 분리되는 바람에 사람들이 자신의 반쪽을 찾기 위해 사랑을 한다는 기상천외한 이야기입니다. 『향연』에서는 태초의 신인 에로스를 다면적으로 고찰합니다. 에로스에도 시각과 수준이 상이하다는 겁니다. 『향연』은 플라톤의 스승인 소크라테스를 비롯한 9명의 등장인물이 에로스에 대한 찬양 연설로 구성되어 있습니다. 그들은 다른 신들에게는 찬미가를 바치는데, 왜 에로스를 위한 찬미가가 없는지 불만이라면서 저녁 만찬 자리에서 이루어진 자리입니다. 이들은 서로 다른 성격의 에로스를 찬양합니다.

파우사니아스는 에로스가 육체의 쾌락을 추구하는 것이 아니라, 혼의 덕을 함양한다고 합니다. 에뤽시마코스는 우주적 에로스가 모든 존재자를 형성한다고 주장하고, 아리스토파네스는 우화에서 보이듯이 인간이 상실한 본성을 치유하는 자로서의 에로스를, 아가톤은 에로스는 인간에게 있어 모든 좋은 것의 원인이라고 합니다. 마지막에 소크라테스는 이들의 장광설을 비판하고 교정합니다. 그들에게 새로운 눈을 뜨게 해서 새로 태어난 상태가 되도록 유도합니다. 소크라테스를 산파술의 철학자라고도 하는 이유입니다. 여기에서 출산이란 불멸을 의미합니다. 육체적 출산은 결국 죽음으로 종결되지만, 정신적 출산을 추구하는 사람들이 어떻게 궁극의 아름다움에 도달하게 되는지를 설파합니다. 에로스를 찬양하기 위한 모임은 결국 소크라테스에 대한 찬양으로 마무리되고, 참석자들은 술에 취해 쓰러지고 소크라테스만 깨어있다가 자리를 떠납니다.

소크라테스는 어떤 주제를 이야기해도 결국은 불멸의 진리로 이끄는 철학자군요. 이 지점에서 훗날에 태어난 예수가 말한 '진리가 너희를 자유롭게 하리라'와 일맥상통하는 점이 있습니다. 이들의 연설과 대화를 통해서도 알 수 있듯이, 에로스는 광의로 해석할 수 있는 사랑의 개념이라고 할 수 있겠지요. 『향연』에서 에로스는 이성애나 쾌감보다는 진리로 해석하는 것이 좋겠습니다.

근대철학에서는 인간의 이성에 대한 담론이 주류를 이루어서인지, 에로스 이야기는 별로 등장하지 않습니다. 다만 쇼펜하우어가 남녀의 뜨거운 사랑이란 성충동 발현에 의한 비희극적 환영에 지나지 않는다고 평가하고, 에리히 프롬 역시 그의 『사랑의 기술』에서 남녀 간의 사랑을 이와 비슷한 논조로 취급합니다. 프로이트는 「에로스의 심리학」에서 정신분석을 통하여 의식적 사고와 무의식 세계의 모순적 역동 관계를 규명하면서, 무의식 세계에서는 쾌락원칙에 충실한 성적 충동이 지배한다고 주장했습니다. 그리고 인간문화는 성적 충동의 만족감을 단념하고 승화하는 과정에서 형성된다는 거지요. 하지만 만년에 프로이트는 죽음의 본능인 '타나토스'와 대비해서 '에로스'는 각 생명체를 큰 통일체로 정리해가는 충동이라고 정의합니다. 결국 인간문화도 에로스에 봉사하는 한 과정으로 여기게 됩니다. 프로이트의 이러한 담론은 그리스 신화에 등장하는 태초의 신 에로스와 유사한 면이 있습니다. 전술했듯이 태초의 신 에로스는 만물의 생성에 관여하면서 인간 세상을 아름답게 만드는 신으로 추앙받았기 때문입니다.

성적 충동은 다면적입니다. 보는 각도에 따라 더러운 욕망이기도 하고, 신성한 생명의 원천이 되기도 합니다. 모든 동물에게 성적 충동은 당연한 일이고, 다만 인간만이 에로스라는 개념을 만들고 의미를 부여합니다. 결국 우리는 에로스의 후예들입니다. 에로스가 없다면 인간애도 없이 생명이 탄생한다는 이야기인데, 이것은 동식물과 별로 다를 게 없습니다. 그렇다면 에로스란 인간이 창조한 생명에 대한 숭배의식으로도 볼 수 있을 겁니다. 에로스의 생명력은 문학, 미술, 음악, 영화, 최근에 웹툰에 이르기까지 고대로부터 지금까지 한 번도 멈추지 않고 지속되고 있습니다.

동양에서는 에로스와 같은 신이 없을까? 에로스는 세계 신화사에서 독특한 신입니다. 세계 신화사에서 에로스처럼 이성애를 특화해서 신격화한 신은 찾아보기 힘듭니다. 동서양의 신화구조는 천지창조, 인간의 탄생, 홍수 설화 등 비슷합니다. 다만 그 모습과 이름이 다른 거지요. 예를 들어 그리스 제우스는 동양의 황제는 천둥의 신으로 캐릭터가 유사합니다.

불교에서 애욕과 자비로 사랑의 의미를 설명합니다. 애욕은 모든 고통의 원인으로 보고, 자비는 아가페처럼 중요한 행위로 여깁니다. 유교에서는 사랑을 어떻게 보았을까. 우선 공자는 사람을 사랑하는 것이 인(仁)이라고 강조합니다. 맹자가 주장한 '측은지심' 역시 사랑의 한 유형입니다. 사랑은 학문이나 종교처럼 여겨지기도 합니다. 힌두교의 경전인 『카마수트라』는 섹스를 통해 열반의 경지에 오를 수 있다고 하지요.

인도의 점성술엔 쌍둥이 별자리가 있고, 이것을 '미투나'라고 부르는데 성교라는 뜻도 있습니다. 인도 민간신화에서는 천지창조 이야기가 독특합니다. 태초에 남녀가 붙어 있는 한 사람만 있었는데, 너무 고독해서 자신의 몸을 둘로 나누어 남과 여를 만들어서 자식도 낳고 즐겁게 살아간다는 이야기가 있습니다. 인도 민간신앙에는 성교를 예찬했고, 이것을 자신의 집 기둥에 조각한 미투나상을 새기고 풍요로운 수확과 생명의 탄생을 위한 부적으로 삼았던 거지요. 인도에서 벼락의 신은 처녀 신으로 남녀가 성교하는 장면을 보면 부끄러워서 근접하지 못했기 때문입니다. 인도의 정복 군주인 아소카왕 시대에 대대적으로 불교 사원이 건립되면서 민간인 건축가들에 의해 미투나상을 새겨놓기도 했습니다. 이것이 힌두교 사원엔 더욱 발전해서 사원 전체를 미투나상으로 만든 곳도 있습니다. 인도 북부 카주라호에 있는 힌두교 사원이 유명합니다. 미투나상은 풍요와 섹스, 사업번창까지 의미가 확장됩니다. 이 정도에서 신화와 종교에 나타난 사랑에 대한 정의를 갈무리합니다.

이제 시에서 사랑을 어떻게 보는지 살펴보도록 하겠습니다.

Tessiner Dorfmotiv

파블로 네루다는 시에서 에로스를 가장 표현한 시인 중 하나입니다.

3

시에서는 '에로스'를 당연히 남녀 간의 사랑으로 다룹니다. 그렇다면 사랑을 노래하는 시에서 등장하는 연인들은 어떻게 태어났을까요? 연인들의 만남은 다소 진부할 것 같지만, 곰곰이 생각하면 참 불가사의한 일입니다. 인간의 이기적 유전자와 탐욕과 이성적 판단으로 볼 때 사람과 사람이, 특히 남자와 여자가 서로 한 덩어리가 된다는 것은 참 엄청난 일이기도 합니다. 신화에서는 에로스가 화살을 날려 꽂히는 순간 사랑이 불처럼 일어난다고 서술합니다. 이성적으로는 불가해한 상황을 적절하게 은유하는 신화입니다.

이제 현실로 돌아가보겠습니다. 사랑의 형태를 라면을 끓이는 냄비라고 가정합시다. 사랑에 빠진 남녀는 마치 불과도 같이 뜨겁게 타오릅니다. 두 사람이 만나 냄비에 라면을 끓이기 시작합니다. 에너지는 당연히 불입니다. 열정입니다. 라면 물이 끓어오릅니다. 적당히 끓어오르면 라면을 요리해야 하는데, 열정이 지나쳐 그 시기를 놓치면 물은 다 증발해버리고 심지어 불이 나서 집 전체를 태워버리기도 합니다.

사랑에 관한 서사와 서정시는 이러한 과정을 그려냅니다. 사랑에 빠져 서로에게 열중하고 맹목적인 모습입니다. 섹스를 통하여 두 육체가 서로에게 주는 쾌감과 황홀은 마약과도 같습니다. 불교에서 에로스를 애욕으로 설정하는 이유이기도 합니다. 에로스는 이성적 판단을 하지 않습니다. 파블로 네루다는 시에서 에로스를 가장 잘 표현한 시인 중 하나입니다. 그의 초기 시는 관능적이고 선정적입니다. 일본의 선승인 잇큐 소준의 선시를 나란히 놓고 보겠습니다.

길가에 핀 자두나무로 만든
새큼한 칼 같은 향기
입안의 설탕 같은 키스들,
손가락 사이로 떨어지는 삶의 방울방울들
달콤하고 에로틱한 과육,
들판, 건초더미들, 설레이는
너른 집속 숨은 은밀한 장소들
지난날 잠들었던 침대, 위에서 보면
숨겨진 창문 같은 야생의 초록 계곡,
빗속에 뒤엎혀진 램프처럼
젖었어도 타닥타닥 타오르는 청춘

— 파블로 네루다, 「젊음」

미인과의 정사 속에 애액이 넘치나니
누자노선의 누 위에서 신음하네

그대 안고 빨고 핥는 이 흥취여

확탕지옥인들 어떠리, 무간지옥인들 어떠리

— 잇큐 소준,「음방에서」

네루다의 시에 나오는 키스, 에로틱한 과일, 은밀한, 침대 같은 시어는 남녀의 성애를 상징합니다. 남녀가 만나 서로 마음의 문을 열고 받아들이는 과정이기도 합니다.

소준의 선시는 파격적인 에로스의 극단입니다. 여성이 흥분하여 성기에 흐르는 '애액'이라는 말을 깨달음에 쓴다는 것 자체가 금기시되는 일이었고, 그건 아마 지금도 마찬가지일 겁니다. '누자노선'은 사창가에서 노는 선승으로 소준 자신을 이르는 말입니다. 소준은 15세기에 그동안 내려오던 고리타분한 중국풍의 선시에서 완전히 벗어나 독자적인 일본 선시를 개척했다고 평가받습니다. 도를 깨달은 선승은 스승에게 깨달음을 인정받는 '전법게'를 받는데요. 그는 그것을 받는 순간에 불 속에 집어 던지고 방랑의 길을 떠나버립니다. 그의 선시는 어쩌면 "부처를 만나면 부처를 죽이라. ……그 어떤 것에도 구애받지 말고 자유자재하라"고 일갈했던 9세기의 중국 선승 임제처럼 눈앞에서 보이는 모든 금기를 부수고 나간 개척자일 겁니다. 남녀의 애정행각을 묘사하자면, 낮에 일상적으로 사용할 수 없는 표현이 많습니다. 하지만 예술가들은 금기를 깹니다. 바로 그 자리에서 창조적 작품을 탄생합니다.

에로스는 마음이 열린 상태에서 몸이 반응하고 서로를 받아들이는 아름다운 행위입니다. 건강한 젊은 남녀가 서로의 육체를 탐닉하는 행위는 비에 젖어도 타오르는 램프처럼 열정입니다. 이러한 행위는 연인들에게 쾌락을 주고, 그 친밀한 관계는 다른 이성을 서로 멀리하는 약속이기도 하지요. 오로지 이러한 쾌락만을 원하는 여인들이 있는지는 모르겠지만, 그리 일반적인 일은 아닙니다. 이러한 열정은 서로에게 어떤 책임감과 도덕심을 갖게 합니다. 그래서 사람들은 결혼제도를 만들었는지도 모릅니다. 현대사회에서 결혼은 날개 달린 에로스가 배우자 외 다른 이성에게 화살 쏘는 것을 용납하지 않습니다. 기혼자들의 다른 사랑, 즉 불륜이라고 정의하는 행위를 문학은 진지하게 다루곤 합니다.

과연 남녀의 에로스는 사랑에서 얼마나 중요한 것인가? 섹스가 없다면 사랑은 완전하지 않은 것인가? 섹스 없는 연인은 과연 그 상태를 유지할 수 있을까? 독일 소설『늦어도 11월에는』에서 이 문제를 다루고 있습니다.

이 소설은 한 극작가가 시상식에서 우연히 만난 재벌 회장의 부인과 열정적으로 사랑에 빠지는 내용입니다. 여주인공의 진술로 시작되는 첫 장면은 충격적입니다. 두 사람은 처

음 보는 순간부터 우주에 단 두 사람만이 존재한다고 착각
합니다. 주위에 모든 것이 지워지고 맹목적인 사랑의 열정
이 불타오릅니다. 그녀는 문학상 시상식장에서 처음 만난
작가를 따라 집을 나옵니다. 파격적인 행보입니다. 두 사람
은 함께하지만 열정적인 사랑이라기보다는 오래된 연인 같
습니다. 남자는 다음 작품을 쓰기 위해 몰두하고, 여인은 그
저 심심하게 지냅니다. 불륜 남녀의 뜨거운 애정행각은 어
느 한 곳에서도 찾아볼 수 없습니다. 에로스가 없어요. 그녀
를 찾아온 시아버지는 그녀의 마음을 잘 이해하고 있습니
다. 선대 회장인 시아버지는 당신의 아내가 정신병원에 실
려 갈 정도로 고독한 것을 알았고, 그녀의 심경 역시 이해할
수 있었던 거지요. 그녀는 시아버지를 따라 다시 집으로 들
어갑니다.

하지만 두 사람의 사랑은 더 뜨거워집니다. 그녀는 그가 찾
아오기를 기다리고 있습니다. 작가는 다음 작품인 「늦어도
11월에는」을 탈고하고, 이 희곡을 공연하기 위해 그녀가 사
는 도시에 찾아옵니다. 그녀는 다시 집을 나오고, 남자의 낡
은 폭스바겐을 타고 가다……. 기차 건널목을 지나가는
데 '죽음은 영원하다'라는 팻말을 봅니다. 그 자리에서 두 사
람은 교통사고로 사망합니다. 사망하기 전에 남자가 자신은
작품을 쓸 때 섹스가 안 된다고 미안하다고 합니다. 이제 어

서 우리 사랑을 불태우자는 말을 하지요. 그리고 두 사람은 죽습니다.

한스 노작은 과연 이 소설에서 무엇을 말하고 싶었을까요? 그는 왜 '사랑은 영원하다'라는 말 대신에 '죽음은 영원하다' 라고 소설에 적어 놓았을까요? 곰곰이 생각해볼 문제입니다. 후반부에 가서 이 소설은 이미 죽은 자의 고백이라는 사실이 밝혀집니다. 그녀는 죽어 있는 상태에서 자신의 사랑을 이야기하고 있습니다. 어찌 보면 가장 완벽한 상태에서 사랑을 이야기하고 있습니다. 죽음이라는 통과의례를 거친 여인이 지상의 삶을 내려다봅니다. 그녀는 자신이 선택한 남자, 그 열정적인 사랑에 만족해하고 있습니다. 그 이유가 충격적입니다.

에로스는 죽음과 함께 인간의 한계점이자 영혼의 영원성을 대변합니다. 사람으로 태어났다면 사랑과 죽음은 반드시 찾아온다는 사실을 잘 알고 있습니다. 탄생과 죽음은 에로스와 죽음으로 대치시켜도 될 겁니다. 사랑하는 사람들은 매우 통속적인 과정을 거칩니다. 아마 유사 이래로 사랑의 유형은 변화했지만, 사랑의 과정은 진보되지 않았을 겁니다. 두 사람은 서로 다가가고, 만나고, 함께 걸어가고자 합니다. 그런데요. 어떤 사정 때문에 사랑이 홀로 되는 순간, 그때서

야 비로소 사랑에 대해 진심으로 생각하게 되는 건 아닌지 모르겠습니다. 괴테를 비롯한 동서양의 시인들이 쓴 사랑에 대한 뛰어난 작품은 실연의 고통, 연인의 배반으로 괴로워하다 탄생합니다. 사실 에로스가 그리 달콤한 것만은 아닙니다. 고대에서 지금까지 에로스에 빠진 사람들은 격렬한 고통을 가슴에 품고 있는 겁니다. 그것은 모든 예술가에게 창작의 원천이기도 합니다. 그래서인지 철학자 키르케고르는 시인에 대해서 이렇게 말합니다.

시인이란 무엇인가? 그들은 격렬한 고통을 가슴에 품고 있으면서, 더 견디지 못하고 고통의 탄식과 비명이 그들의 입술을 빠져나올 때, 그들이 내는 소리는 하늘에서 울리는 아름다운 음악으로 들린다. 그들이 시인이다.

4

에로스는 고통의 심장을 갖고 있습니다. 연인에 대한 그리움의 박동수가 증가하면 사랑은 병이 들어요. 사랑은 영혼의 심장병입니다. 하지만 지독한 실연의 고통 속에서 명시가 탄생합니다. 시에는 치유의 기능이 있기 때문입니다. 시

Kaninchenstall

시는 에둘러 돌아가는 냇물과 같습니다.
반짝이는 은유의 강들이 독자에게 어떤 메시지를 제시할 뿐입니다.
그 메시지가 다가올 때 마음의 상처가 조금씩 아물어갑니다.

인은 고통 속에서 절망하고 신음하지만, 그 소리가 노래가 되고, 그 노래를 들은 독자는 치유됩니다.

바이올린 소리가 간혹 애달프게 들리곤 하는데 활이 줄에 힘을 가하기 때문입니다. 활과 현이 접촉하면서 소리가 나오기 때문에, 바이올린은 찰현악기라고 하지요. 찰(擦)은 마찰을 한다는 의미입니다. 연주자는 자신의 핏줄을 현처럼 여기고 활을 움직입니다. 그것은 고통입니다. 핏줄에 활을 대고 문지르면 얼마나 아프겠습니까. 하지만 그 고통의 터치가 아름다운 음률을 만들어냅니다. 너무 아름다워서 애절합니다. 그것이 듣는 이의 마음을 치유합니다. 자신도 모르는 고통까지도 연주하는 거지요.

물론 음악과 시에서 직접적인 치유의 메시지를 전하지는 않습니다. 그것은 설명이나 설득의 문장인 산문에서 가능합니다. 물론 시에도 설득과 설명의 기능이 있지만, 시는 에둘러 돌아가는 냇물과 같습니다. 반짝이는 은유의 강들이 독자에게 어떤 메시지를 제시할 뿐입니다. 그 메시지가 다가올 때 마음의 상처가 조금씩 아물어갑니다.

시인이 환자이고 의사이기 때문에 사람들의 마음이 아픈 자리를 잘 봅니다. 백석의 시 「나와 나타샤와 흰 당나귀」는 고통스러워하는 시인의 그리움을 노래하고 있습니다. 화자는 가난한 시인, 즉 백석으로 여겨집니다. 시인이 태어나 오로지 사랑에 대한 노래를 부르지는 않습니다. 인생의 어떤 시기, 일상의 어떤 순간 바람처럼 지나가는 그 사랑에 대해 진지하게 바라보는 겁니다. 뭐든 흔하면 그리움이 사라지고 그저 그런 일상만 무의미하게 흘러가니까요. 사랑은 강물에 돌멩이를 던지는, 그 돌멩이가 떨어진 자리에 파문처럼 보입니다. 일상은 그저 고요하게 흘러가는 강물입니다.

가난한 내가
아름다운 나타샤를 사랑해서
오늘 밤은 푹푹 눈이 나린다
— 백석,「나와 나타샤와 흰 당나귀」

이 시의 첫 구절은 제가 본 모든 사랑 시 중에서 가장 인상적입니다. 아름다운 나타샤는 문학청년 시절부터 이국정서를 자극하는 여성으로 마음속에 각인되어 있습니다. 젊고 순수한 시절에 던졌던 '여성이란 무엇인가?'라는 질문에 대한 응답을 받은 기분이었지요. '여성이란 그냥 여성이 아니라 어떤 이름이란다'라고요. 그게 바로 나타샤였습니다.
백석은 나타샤를 그리워했습니다. 그 마음이 무엇인지 생각해봅시다. 누군가를 그리워한다는 게 도대체 무언가. 이런 넋두리를 해봅니다. 이 글을 쓰다 보니 그리운 사람이 생각납니다. 간절하게 그리워했던 어떤 순간에 시가 태어났고 어느 순간부터는 독자와 공감대를 형성합니다. 사람이 살아가는 동안에 사랑은 문득 찾아와 온 마음을 흔들어 놓곤 흔적도 없이 사라져버립니다. 그것을 그리워하다가 병에 걸리기도 하고, 마치 중독자처럼 사랑을 찾아 헤매다가 쓰러져 죽기도 하겠지요. 이성을 그리워하고 그 마음을 담은 문체로 노래를 부르고 싶습니다. 우리가 보편적으로 가진 정서입니다. 이 정서는 청춘의 특권처럼 보이기도 하지만, 오랜 세월이 지난 어느 날 그것을 그리워하면 성숙하게 변화한 자신의 인생을 담은 문체로 사랑 노래를 부를 수도 있을 겁니다. 자기감정에 솔직하게 반응하는 시기는 그리 길지 않기 때문입니다. 어느 정도 나이가 들면 격한 감정을 조절하고 젊은 시절에는 백안시했던 다른 일에 더 시간을 보내기 마련이지요.

지금 이 글을 읽는 당신이 백석의 시에 공감한다면, 지나간 사랑의 이름을 반추하고 조용히 적어봅시다. 그리고 그 사랑에 대해 한 줄 평을 씁시다. 만약 그녀의 이름이 희미하다면 '나타샤'라고 부르면 어떨까요? 사랑은 항상 그 자리에 있는 빨간 우체통 같습니다. 그리고 그 시절에는 올려보았지만, 지금은 내려다 볼 수 있는 그 사소하고도 찬란한 감정들을 적었던 연애편지 같기도 합니다. 당신이 연인에게 새

처럼 날려 보내던 그 아름답고 순수한 시간은 당신의 삶에
잠시 쉼표를 찍게 할 겁니다. 에로스의 열정이 가능한 것은
뜨거움 속에 숨어 있는 그리움의 정서가 있기 때문입니다.
이것은 폭주하는 기관차의 브레이크 같은 역할을 합니다.

> 사랑이여 그대는
> 내 영혼이 애타게 갈망하는 모든 것……
> 사랑이여 그대는
> 바다 복판 녹색의 섬
> 아름다운 열매와 꽃들로 온통 뒤덮인
> 샘이며 사찰
> 그 모든 꽃은 나의 것.
> 아, 너무도 선명하여 지속되지 못하는 꿈!
> ── 에드거 앨런 포, 「하늘에 계신 그대에게」 중에서

포는 그의 아내인 버지니아 클램을 위해 명작을 남기는데
요. 마치 폭포처럼 쏟아지는 사랑의 세례라고나 할까요. 사
랑이 떠난 자리에서 부르는 노래이기에 이 시가 품은 사연
이 읽는 이의 마음을 더 아프게 합니다. 그것 역시 사랑의 속
성인지도 모르겠습니다.
가난한 시인 포는 숙모의 집에서 글을 쓰고 있었습니다. 그

때 만난 사촌 여동생이 바로 버지니아 클램. 포는 27세, 버지니아는 13세였습니다. 두 사람은 주위의 반대에도 불구하고 결혼을 하는데, 신부의 나이를 20살이라고 속여서 혼인신고를 했다고 합니다. 우여곡절 끝에 결혼하고, 포는 그의 대표적인 작품들을 이 시기에 집필합니다.

현대소설의 아버지라는 칭호를 받게 해준 작품들이지요. 장르도 다양합니다. 탐정소설, 추리소설, 괴기소설, 환상소설 등은 바로 두 사람의 짧았던 결혼생활 동안 집필한 작품들입니다. 하지만 부부는 극빈한 생활을 하는데요. 버지니아는 폐결핵으로 죽어가고 있었고, 그 옆에서 포는 폭음에 빠져버립니다. 감당할 수 없는 고통을 술로 잊고자 한 거지요. 이 심경이 잘 나와 있는 작품이 바로 공포소설의 원조 「검은 고양이」입니다.

하여간 포와 같은 동네에 살았던 옆집 부인이 이들을 찾았을 때, 버지니아는 온기 없는 방에서 지푸라기를 깔고 누워 고양이에 의지에 숨을 내쉬었다고 합니다. 극도의 불안과 가난의 공포는 포를 더욱더 절망에 빠지게 했고, 버지니아는 온갖 잡일을 하다가 병들어 죽어갑니다. 포가 아내의 시신 옆에서 쓴 시가 앞에서 인용한 「하늘에 계신 그대에게」입니다.

포는 그녀를 추모하면서 「애너벨 리」 「갈가마귀」 같은 작품을 남깁니다. 이 이야기를 듣고 나니 어떤 생각이 드십니까.
'정말 너무한다'라는 생각도 들지요. 그래요. 참 너무한 사람
입니다. 펜을 버리고 생활비를 벌어야 했던 것은 아니냐고
생각할 수 있습니다. 그런데 그렇게 못하는 사람이 있습니
다. 문학이 아니면 살지 못하는 사람들이 간혹 있습니다. 그
가 바로 포입니다.

사랑이란 무엇일까. 그것이 포가 말한 '아, 너무도 선명하며
지속되지 못하는 꿈!' 아닐까. 인용한 시의 마지막에 터져 나
오는 절창은 죽음을 의미하지만, 그 아픔이 하늘에 계신 그
대에게 가 닿을지는 잘 모르겠습니다. 그는 사랑을 통해 천
상의 세계를 보여준 시인이기도 합니다. 그에게 사랑하는
사람은 다리가 아니라, 사다리로 여겨집니다. 신을 노래하지
는 않았지만, 사랑을 통하여 천상의 세계로 인도합니다. 그
에게 지상의 안락한 사랑은 이룰 수 없는 꿈입니다. 그 간절
한 마음은 사람을 움직입니다.

그의 시에는 아주 슬픈 이야기가 있습니다. 그 배경을 생각
하면 이 시들이 더 빛날까요. 아닙니다. 이제 저는 그렇게 생
각하지 않습니다. 불우한 사랑은 불행한 삶의 서사구조일
뿐입니다. 불우한 삶을 살았다고 다 명작을 남기지는 않습
니다. 중요한 것은 현실을 대하는 그의 태도입니다.

죽어 있는 사랑 옆에서 시인은 시를 씁니다. 삶을 포기하지

않고 시를 씁니다. 절망의 구렁텅이에서 시를 씁니다. 그가 가진 것은 펜과 사랑뿐이었습니다. 궁금합니다. 그토록 궁핍한 생활을 하면서 어떻게 글을 쓸까. 저는 그 원동력이 바로 사랑이라고 봅니다. 버지니아를 향한 사랑은 그 원형을 거슬러 올라가면 단테의 베아트리체겠지요. 지금 이 세상에도 그런 사랑이 있을까요? 우리가 알지 못할 뿐 분명히 있을 겁니다.

오랜 옛날 바닷가 왕국에
애너밸리라는 한 아가씨가 살았죠.
그녀는 오직 나를 사랑하고
내게 사랑 받는 일
오로지 그것만 생각하며 살고 있었지요.
이 바닷가 왕국에서
나와 그녀는 아직 어렸으나
나와 애너밸리는
사랑 이상의 사랑으로 사랑하였습니다.
날개가진 하늘 나라의 천사들도
부러워하며 나와 그녀의 사랑을 시샘하였지요.

오랜 옛날 그로 인해

바닷가 왕국에

구름 속에서 한 줄기 바람이 싸늘하게

내 아름다운 애너밸리에게 불어왔습니다.

그리하여 그녀의 지체 높은 친척이 와서

그녀를 나에게서 데리고 가버렸나니

이 바닷가 왕국에 자리한

그녀의 무덤에 묻고 말았습니다.

우리의 반만큼도 행복하지 못한 천사들이

그녀와 나의 사랑을 시샘한 탓이었지요.

정말! 그 때문이었지요

(바닷가 이 왕국에서는 모두가 알고 있는 사실입니다.)

그날 밤 구름 속에서 불어온 바람이

나의 애너밸리를 얼어 죽게 만 것은 그 때문이었지요.

하지만 우리들의 사랑은,

우리보다 연상의 사람들의 사랑보다도,

우리보다 현명한 사람들의 사랑보다도 더 강했지요.

그래서 하늘의 천사들도

바다 밑의 악마들도

아름다운 애너밸리의 영혼과

나의 영혼을 갈라놓을 수가 없었지요.

달이 빛날 때면 나는
아름다운 애너밸리의 꿈을 꿉니다.
별이 빛날 때면 나의 가슴은
아름다운 애너밸리의 눈동자를 생각합니다.
하여 나는 밤이 새도록
내 사랑, 내 귀여운 사람, 내 생명,
내 신부 곁에 누워 있습니다.
바닷가 왕국의 그 무덤 안에,
물결 소리치는 그녀의 무덤 속에.

— 에드거 앨런 포, 「애너밸 리」

그의 시 「애너밸 리」는 버지니아 클램의 화신입니다. 지금
이 시를 읽는 독자의 마음에 적어도 사랑만큼은 순수한 열
정의 상태였으면 좋겠습니다. 포를 읽으면서 슈베르트를 듣
곤 합니다. 이 두 영혼은 묘하게 서로 통하는 구석이 있습니
다. 가난과 고통, 삶과 죽음이 한 편의 드라마가 되고, 그 드
라마 속에서 노래와 시로 탄생합니다. 우린 그런 의미에서
매우 행복한 사람들입니다. 예술가들의 고통을 통해 우리의
정서는 조금 더 부드러워지고, 타인에 대해 생각하기 때문

277

입니다. 시인의 고통을 통해 감동과 쾌감을 얻기 때문입니다.

5

아가페는 신과 합일을 꿈꾸는 사랑입니다. 아가페는 기독
교 정신의 정수로 이해할 수 있습니다. 이러한 경지의 사랑
이 진정으로 세상을 구원하는 힘일 것입니다. 중세의 시인
단테는 베아트리체를 통하여, 즉 사랑의 계단을 밟고 천상
으로 올라갑니다. 단테와 베아트리체의 사랑은 분명 에로스
의 상태에서 시작했을 겁니다. 그것은 '첫눈에 반했다'는 단
테의 고백에서 분명하게 나타납니다. 하지만 단테는 이러한
단계를 천상으로 올라갑니다.

이란의 시인 루미는 "흙으로 빚어진 육신은 사랑을 통해 하
늘로 날아오르고"라고 노래합니다. 과연 우리의 몸은 무겁
고, 생각은 난삽하며, 일상은 복잡하고 심지어 더럽기까지
합니다. 인간이란 흙으로 빚어진 까닭에 흙으로 돌아갑니다.
하지만 영혼은 하늘로 날아오르기를 꿈꾸는 사람들이 있습
니다. 그들은 어떤 과정을 거쳐 하늘로 올라가는 것인가?

루미는 우리에게 낯설게 여겨지는 이슬람권의 대표적인 시
인입니다. 미국에서는 그의 시집이 최고의 판매량을 기록하

기도 했다고 하니 상당히 대중적인 시인이기도 합니다. 13세기에 신비주의자이자 시인으로 알려져 있습니다. 이슬람 신비주의의 한 분파인 수피즘의 가치이자 목적인 '신과의 합일'을 위해 철저한 금욕주의로 한 경지에 오른 성자이기도 합니다. 그의 시편인 『마스나비』는 신비주의 바이블로 여겨지고 있습니다. 모두 2만 6,000여 구의 시를 노래했고, 국내에는 부분적으로만 번역되어 출판되었습니다.

그 빛나는 시집을 읽어보니 눈이 부실 지경이더군요. 어떤 소재가 되었던 한 경지에 오르면 별이 되어 하늘로 떠오르는 모양입니다. 명상의 최고봉이라고 해도 과언이 아닐 겁니다. 루미는 스승인 삼스와 관계가 각별합니다. 스승을 처음 보았을 때, 눈이 마주치자 너무 강렬한 인상을 받아 그 자리에서 기절했다는 일화까지 있을 정도입니다. 삼스가 책을 보는 루미에게 무엇을 하냐고 물어보자, 루미가 "스승님은 이해할 수 없다"라고 말하자, 스승은 그의 책들을 모조리 불태워 버립니다. 갑자기 읽던 책이 불에 타버리자 놀란 루미가 어떻게 된 일이냐고 묻습니다. 그러자 스승은 대답합니다. "너는 이해할 수 없다." 신비주의자들의 신비한 이야기들입니다. 하지만 책에서는 찾을 수 없는 것들이 바로 눈앞에 있다고 스승이 죽비를 휘두르는 모습처럼 보입니다. 루미의 시편은 눈을 감고 아무 페이지나 인용해도 될 정도로 한결 같이 뛰어나고 깊은 의미를 담고 있습니다. 그중에서 한 단락을 적어봅니다.

사랑은 비밀의 별을 관측하는 것.

이 사랑이 어디에서 오든 마지막에 우리는 그것의 비밀을 알게 됩니다.

어떻게든 사랑을 설명해보려고 하지만 사랑에 빠지면 수줍어집니다. 어떤 달변가의 설명보다도 더 정확하게 사랑을 설명할 수 있는 것은 침묵입니다.

사랑을 쓰려 하면 우리는 성급해지고 사랑을 쓰는 연필마저 스스로 부서질 것입니다.

사랑을 설명할 때 이성은 낮잠에 빠진 나귀와 같이 무력해집니다. 사랑을 설명할 수 있는 것은 '사랑' 그 자체입니다.

태양은 태양이기에 떠오르는 것, 이유는 반드시 자신 안에 존재합니다. 내가 사랑하는 사람은 누구와도 같지 않기에 설명하는 것이 불가능합니다. 그러니 어떻게 사랑을 설명할 수 있겠습니까?

─ 루미, 『루미시집』

루미가 말하는 사랑이란, 신과의 합일 상태입니다. 그걸 설명하는 건 정말 불가능합니다. 그래서 노래가 저절로 터져 나오는 순간에 햇살이 비치는 것처럼 깨달은 상태라고들 하지요. 불교에서는 진리를 글로 설명한다는 것은 불가능하다는 의미로 '불립문자(不立文字)'를 이야기합니다. 오로지 체험으로만 가능한 상태입니다. 그래서 신의 사랑이란 인간이 신에게 올라가고자 하는 의지의 발현입니다. 신이 사랑을 내려준다면 그것은 어떻게 알 수 있을까요? 인간에게 매일 내려주는 신의 축복을 정작 인간은 알지 못하고 하루살이처럼 살아갑니다. 신의 사랑을 아는 길은 단 하나, 신에게 기도하는 순간입니다.

6

물건으로서 다리와 사다리는 우리 일상에서 중요한 수단으로 사용되지만, 사랑의 다리나 사랑의 사다리는 한 개인의 사랑이 어떤 대상을 향한 수단으로 사용됩니다. 어떤 사랑이 되었건 공통점은 무조건적입니다. 이게 사랑의 중요한 한 단면입니다. 다만 바라보는 시선이 조금 다를 뿐이지요. 사다리가 신적인 관점이라면, 다리는 인간적인 관점입니다. 사랑은 순수한 상태와 숭고한 행위에서 가능합니다. 이것은 욕심을 버리라는 말이 아닐까요. 연인이 서로 그리워하는 모습이고, 부모가 아이를 사랑할 때의 모습이고, 신이 인간을 사랑하는 모습입니다. 이러한 사랑을 받으면서 우리는 추악한 세상을 버티곤 합니다. 매체에 보도되는 사랑을 빙자한 범죄는 모두 욕심과 집착의 결과이고, 거기에서 벗어나기 위해 진정한 사랑의 가치가 필요한 세상입니다. 좋은 인연은 고리를 만들어 사람들 간에 결속을 단단하게 합니다. 이러한 인연이 계속 연결된다면 지상이 천국으로 변하는 순간이 찾아올 겁니다.

세계는 우리에겐 너무 벅찬 것, 조만간
획득하고 소비함으로써 우린 우리의 능력을 황폐케 하네

진실한 마음으로 결혼케 하지 말고
방해물을 인정케 하라. 변경을 발견하거나
이주자와 더불어 옮겨가야 할 때
변경되는 사랑은 사랑이 아니다.

오! 사랑이여, 나를 떠나라, 그대는 먼지가 되는 것
그리고 그대, 내 마음이여, 좀 더 높은 곳을 열망하라….

진리가 부여하는 저 향기로운 장식 때문에

오 얼마나 많은 아름다움이 드러나는가?

— 퍼시 비시 셸리, 『오지만디아스*』 중에서

영국 낭만주의 시인 셸리는 바이런, 키츠와 더불어 당대 영
문학을 이끌었던 시인입니다. 셸리(1792~1822)는 사랑에
서 벗어나고자 했습니다. 사랑의 대상이 결국은 먼지가 되
기 때문이지요. 이는 너무 당연한 일입니다. 공원에서 키스
하는 연인들을 포고 두 개의 해골이나 혹은 흙덩이가 서로
엉켜 있다고 보는 사람들도 있습니다. 그가 인식하는 사랑
이란 에로스적인 사랑일 겁니다. 그가 추구하는 자유와 진
리는 바로 아가페의 상태이기도 하기 때문입니다. 하지만
그는 무신론자입니다. 옥스퍼드대학교에 다닐 때 「무신론의
필요성」이라는 산문을 발표해서 퇴학을 당하기까지 했습니
다. 하지만 평자들은 그의 작품에서 무신론보다는 범신론을
읽어냅니다.

진리에 대한 열정이 바로 신에 대한 사랑이기도 합니다. 하
늘에서 내려온 비가 대지를 적시면 잠들어 있는 풀과 나무
가 자라고 있습니다. 이것은 남녀의 황홀한 결합을 의미하
기도 하고, 수도승의 기도를 의미하고, 농부의 쟁기질을 의

---

* Ozymandias(오지만디아스): 람세스 2세의 그리스어 명칭.

미합니다. 하늘에서 내리는 비처럼 그는 모든 사람이 행복하게 살기를 원했습니다.

그는 새로운 세상을 꿈꾸었습니다. 부유한 귀족 출신이었지만 오히려 그 권력을 증오하고, 귀족이 인류를 불행하게 만드는 요인이라고 생각해 항거하고 싸우는 시인이었습니다. 그가 꿈꾸는 세상에서는 사랑과 행복만이 넘쳐흐른다고 믿었습니다. 이러한 정신이 바로 사회를 변화시키는 큰 요인입니다.

사랑의 시인 하이네는 "내가 바꾸고자 했던 것은 사상이 아니라 다만 표현 방법인 문체의 파괴와 변화였다"라고 말합니다. 글쓰기가 어떤 방식으로 세상에 기여하는지 잘 보여주는 문장입니다. 시인은 사상가가 아닙니다. 하지만 문체를 파괴하고 변화하면 세상이 변합니다. 이렇게 문장과 문체의 핵심을 말합니다. 시인에게 문체는 자기 자신이기 때문에 하이네가 문체의 파괴와 변화를 시도한 것은 지독한 고통의 시간을 담보로 합니다.

그렇습니다. '문체의 파괴와 변화' 이것이 시를 쓰는 도구가 되어야 합니다. 하이네의 문체가 변화된 것은 그가 현실 참여를 통해 새로운 세계로 발을 들이면서부터입니다. 같은 사람이라도 어떤 상황과 어떤 행동을 하느냐에 따라 시의 세계는 크게 변화합니다. 자신의 사상이나 생각을 담기에 적당한 문체를 찾고, 기존의 틀을 파괴하는 것이 사랑과 낭만주의의 핵심이 아니겠습니까.

7

고추잠자리가 키 작은 나무의 우듬지에 붙어 조용히 있습니다. 사진이라도 찍어두고 싶은데 꼭 이런 순간엔 필요한 게 없습니다. 생각해보니 디지털카메라를 사용하지 않고 책상에 처박아 둔 지 오래됩니다. 하긴 그냥 편안하게 산책하는 길이니 저 조용한 모습을 마음에만 담아 노트에 적어 두고자 합니다. 고추잠자리에게 제법 가까이 갔는데도 움직이질 않습니다. 미동도 없이 고추잠자리가 홀로 앉아 있는 모습. 그 풍경이 사랑하는 사람처럼 다정하게 보이는 가을입니다. 우듬지에서 잠자리가 날아가자 바람도 없이 나무가 조금 흔들립니다. 저토록 고요한 세상에 잠시 있다가 날아간 잠자리가 있던 자리에 흔들림. 저것은 어쩌면 지금도 우리 가슴에 다가오고 있는 사랑에 대한 예감입니다. 이제 시를 한 편더 읽어보지요. 이 시를 사랑에 대한 글의 마침표로 삼고자합니다.

결코 그대 사랑을 말하려 하지 말라
말해지지 않는 사랑도 존재할 수 있는 것
왜냐하면 산들바람은
말없이 보이지 않게 움직이므로,

나는 사랑을 말했네, 사랑을
무서운 공포와 추위에 떨면서
나는 불타는 이 사랑을 그녀에게 말했네.
아! 허나 그녀는 떠났네!

그녀가 내게서 떠나자 이내
한 나그네 말없이
보이지 않게 나를 방문했네.
그 나그네 한숨지며 그녀를 앗아갔네.

— 블레이크(W. Blake), 「사랑의 비밀」

Tessiner Landschaft

그대, 결코 사랑을 말하려 하지 말라.

시는 마음

노을을 보면 어떤 생각이 드시나요? 서쪽 하늘에 장엄한 풍
경……. 노을 속에서 육체와 영혼이 분리되는 것은 아닐까
요? 그래, 노을처럼 사라진다면 그리 아쉬운 일은 아닙니다.
아침이 되면 다시 태어난다는 생명의 약속이 있으니. 저는
이런 생각이 듭니다.

만약에 전쟁 같은 삶을 살았다면, 노을은 휴전 중인 국경에
흐르는 강물처럼 여겨지기도 합니다. 노을은 삶과 죽음의
경계선입니다. 저기를 지나면 별들의 세상이 나올 거야, '그
래 그럴 거다'라면서 그 자리에서 쪼그려 앉아 하늘을 올려
다봅니다. 하늘로 올라간 그리움이 구름처럼 떠돌다가 눈
동자에 머물다가 빗물이 되어 흘러내립니다. 그 눈물이 강
물이 되면, 가볍게 떠돌던 생각들이 묵직하게 가라앉으면서

마음이 침착해지고 생각이 조금은 깊어집니다.

노을을 보면서 다정한 사람이 앞에 있는 것처럼 혼자 말을 하기도 하는데요. 왜 그런지 모르겠습니다. 간혹 가슴속에 응어리진 어떤 말들이 마치 터진 봉투에서 쌀이 흘러나오듯 쏟아집니다. 이런 독백은 일종의 고해성사입니다. 이렇게 혼자만의 비밀을 털어놓을 수 있는 공간은 신성한 성소처럼 여겨집니다.

호주머니 속에서 전화기를 꺼내 전화를 겁니다. '여보세요'라는 목소리가 들리면, 미소를 지으면서 '그래 난데 지금 뭘 보고 있었니?'라고 질문합니다. 그러자 당신을 보고 있었다고 합니다. 수신인은 지금 지상에 없는 사람입니다. 아주 오래전에 세상을 떠난 사랑했던 은경이, 이종사촌 누이동생입니다. 대학에 들어가자마자 점점 수척해지더니 아이처럼 작아지고, 노인처럼 늙어버리더니 그만 세상을 떠나가더군요. 병상 곁에서 흐느끼던 이모님의 곡소리가 아직도 저 노을에는 붉게 물들어 있어요. 나는 기억합니다. 그 아이가 마지막으로 보여준 그토록 외로운 미소를. 그 아이의 목소리가 들리는 황홀한 순간이 지나면 하늘엔 별이 뜰 겁니다. 간혹 노을은 지상과 천상을 연결하는 사다리가 되기도 합니다.

"오빠, 시가 뭐야, 시는 어떻게 쓰는 거야?"
"나도 잘 몰라. 시는 신 같은 거야."
"그럼, 신은 뭐야."
"응. 그건 말이야. 신은 신발 같은 거야. 세상 밑바닥에 살면서, 널 좋은 데로 데려가는 고마운 분이지. 시도 그래."

스무 살인 내가 여동생과 한 말들입니다. 그리고 40년이 지났습니다. 이 책은 그때의 아쉬움을 덜어버리기 위한 작업이었습니다. 그때나 지금이나 시를 모르는 건 마찬가지지만, 여동생의 질문에 대한 구체적인 대답을 간단하게 적었습니다. 조병화 시인은 노을을 보면서 이런 시를 남겼습니다. "아, 외롭다는 건 / 노을처럼 황홀한 게 아닌가." 지금 저의 마음이 이렇습니다. 광활한 대지처럼 펼쳐지는 노을의 황홀한 공간 속으로 마음이 침잠합니다. 이 책을 세상의 모든 노을 속으로 던집니다.

2021년 가을
노을 진 강물 위에 쓰다

Molino di Biogno

상처받은 우리의 마음을 위로하는
세상의 모든 노을을 위하여.

landschaft

"시인이란 무엇인가? 그들은 격렬한 고통을 가슴에 품고 있으면서,
더 견디지 못하고 고통의 탄식과 비명이 그들의 입술을 빠져나올 때,
그들이 내는 소리는 하늘에서 울리는 아름다운 음악으로 들린다. 그들이 시인이다."
— 키르케고르

헤세의 마음, 그림과 시

지나고 나서 생각하니, 나는 헤세처럼 되고 싶었던 것일까 싶습니다. 그의 그림을 보면서 그런 생각이 들었습니다. 헤세 그림은 마음에 풀어 놓은 물감들이 저절로 모여 만들어진 구름 같기도 합니다. 가을날, 구름을 보면서 그런 생각이 들었습니다. 때론 눈물을 찍어, 때론 땀을 찍어, 가끔은 피를 찍어 그린 것 같은…….

시와 그림은 캔버스와 물감과도 같은 관계입니다. 어떤 시를 읽으면 그림이 남고, 어떤 그림을 보면 시가 읽힙니다. 중세 유럽 화가들에서부터 고흐와 뭉크, 르네 마그리트와 마크 로스코, 심지어 윌리엄 블레이크에 이르기까지 살면서 보았던 그림이 그 순간에 각인되었지만,

헤세는 언제나 숲이나 언덕, 산이나 바다처럼 내 갈 길의 배경이 되었습니다.

사람이 없어 사람이 그리운 그림, 풍경이 없어 풍경이 그리운 그림이 있습니다. 헤세 그림을 보면 항상 멀리 있는 사람이 그립습니다. 그것이 나를 사랑하게 하는 힘의 원천이었습니다. 헤세가 그린 마음 풍경은 평화롭지만, 그 평화로운 대가의 모습을 갖추기까지 예술가가 걸었던 파란만장한 길들이 떠오릅니다. 그래서 사람들은 헤세 그림을 보면서 위안을 얻는 것일까요? 마음은 그림처럼 보이는 법입니다. 헤르만 헤세가 그려놓은 내 마음의 한 페이지를 보면서 세상의 누구도 그릴 수 없다는 하늘을 보고 기도합니다.

Im Nebel

Seltsam, im Nebel zu wandern!
Einsam ist jeder Busch und Stein,
Kein Baum sieht den andern,
Jeder ist allein.

Voll von Freunden war mir die Welt,
Als noch mein Leben licht war;
Nun, da der Nebel fällt,
Ist keiner mehr sichtbar.

Wahrlich, keiner ist weise,
Der nicht das Dunkel kennt,
Das unentrinnbar und leise
Von allem ihn trennt.

Seltsam, im Nebel zu wandern!
Leben ist Einsamsein.
Kein Mensch kennt den andern,
Jeder ist allein.

안개 속에서

야릇하여라, 안개 속을 거니는 것은!
모든 수풀도 돌도 다 홀로 있고,
어떤 나무도 다른 나무를 보지 못하고,
제각각 다 외로운 존재.

세상은 벗들로 가득하였지,
아직 내 삶이 밝았을 적엔.
이제 거기에 안개 자욱해,
더 이상 아무도 보이지 않네.

그래, 아무도 현명하다 말할 수 없지,
기어이 그리고 가만히
모든 것으로부터 자기를 떼어놓는
그 은밀한 어둠 모르는 이는.

야릇하여라, 안개 속을 거니는 것은!
삶이란 원래 홀로 있는 것.
어떤 사람도 다른 사람을 알지 못하고,
제각각 다 외로운 존재.

Die Schöne

So wie ein Kind, dem man ein Spielzeug schenkt,
Das Ding beschaut und herzt und dann zerbricht,
Und morgen schon des Gebers nimmer denkt,

So haeltst du spielend in der kleinen Hand
Mein Herz, das ich dir gab, als huebschen Tand,
Und wie es zuckt und leidet, siehst du nicht.

아름다운 여인

장난감을 받고서 그것을 바라보고
끌어안고 쓰다듬고 그러다 망가뜨리는
내일이면 벌써 준 사람조차 까맣게 잊는 어린아이처럼

당신도 내가 준 마음 예쁜 노리개인양
자그만 그 손안에서 갖고 놀다가
얼마나 그 마음 움찔하고 괴로운지, 아, 안중에도 없군요.

시의 쓸모

나를 사랑하게 하는 내 마음의 기술

초판 1쇄 인쇄 2021.09.16
초판 1쇄 발행 2021.09.23

지은이 원재훈
펴낸이 김선식

경영총괄 김은영
편집주간 김지환
책임마케터 권장규
마케팅본부장 이주화
마케팅2팀 권장규, 이고은, 김지우
미디어홍보본부장 정명찬
홍보팀 안지혜, 김재선, 이소영, 김은지, 박재연, 오수미, 이예주
뉴미디어팀 김선욱, 허지호, 염아라, 김혜원, 이수인, 임유나, 배한진, 석찬미
저작권팀 한승빈, 김재원
경영관리본부 허대우, 하미선, 박상민, 김민아, 윤이경, 이소희, 이우철,
　　　　　　　김재경, 최완규, 이지우, 김혜진, 오지영, 김소영
디자인 노승우 표지&본문 그림 헤르만 헤세 사진 김지환

펴낸곳 다산북스 출판등록 2005년 12월 23일 제313-2005-00277호
주소 경기도 파주시 회동길 490
전화 02-704-1724
홈페이지 www.dasanbooks.com
이메일 samusa@samusa.kr
용지 IPP · 인쇄 민언프린텍 · 코팅 및 후가공 제이오엘앤피 · 제본 정문바인텍

ISBN 979-11-306-4135-5 03810